国际大奖小说
维也纳青少年图书奖

小思想家在行动

[奥]克里斯蒂娜·涅斯特林格 / 著
[奥]克里斯蒂安娜·涅斯特林格 / 绘
韦苇 / 译

Der Denker greift ein

天津出版传媒集团
新蕾出版社

图书在版编目 (CIP) 数据

小思想家在行动 / (奥) 克里斯蒂娜·涅斯特林格著；
(奥) 克里斯蒂安娜·涅斯特林格绘；韦苧译. -- 天津：
新蕾出版社, 2024. 9. -- (国际大奖小说). -- ISBN
978-7-5307-7827-2
Ⅰ.I521.84
中国国家版本馆 CIP 数据核字第 20241CH736 号

Originally published as "Der Denker greift ein"
2022 Fischer Sauerländer GmbH, Frankfurt am Main
First published in German by Jugend & Volk Verlag, Wien, 1981
Simplified Chinese translation copyright ⓒ 2024 by New Buds Publishing House
(Tianjin) Limited Company arranged through Agency Beijing Star Media Co.Ltd
ALL RIGHTS RESERVED
津图登字:02-2022-244

书　　名	小思想家在行动　XIAO SIXIANGJIA ZAI XINGDONG
出版发行	天津出版传媒集团 新蕾出版社
	http://www.newbuds.com.cn
地　　址	天津市和平区西康路 35 号 (300051)
出 版 人	马玉秀
电　　话	总编办 (022)23332422 发行部 (022)23332677　23332351
传　　真	(022)23332422
经　　销	全国新华书店
印　　刷	天津新华印务有限公司
开　　本	880mm×1230mm　1/32
字　　数	120 千字
印　　张	6.25
版　　次	2024 年 9 月第 1 版　2024 年 9 月第 1 次印刷
定　　价	30.00 元

著作权所有，请勿擅用本书制作各类出版物，违者必究。
如发现印、装质量问题，影响阅读，请与本社发行部联系调换。
地址:天津市和平区西康路 35 号
电话:(022)23332677　邮编:300051

一辈子的书

◎ 梅子涵

◆亲近文学◆

　　一个希望优秀的人,是应该亲近文学的。亲近文学的方式当然就是阅读。阅读那些经典和杰作,在故事和语言间得到和世俗不一样的气息,优雅的心情和感觉在这同时也就滋生出来;还有很多的智慧和见解,是你在受教育的课堂上和别的书里难以如此生动和有趣地看见的。慢慢地,慢慢地,这阅读就使你有了格调,有了不平庸的眼睛。其实谁不知道,十有八九你是不可能成为一个文学家的,而是当了电脑工程师、建筑设计师……可是亲近文学怎么就是为了要成为文学家,成为一个写小说的人呢?文学是抚摸所有人的灵魂的,如果真有一种叫作"灵魂"的东西的话。文学是这样的一盏灯,只要你亲近过它,那么不管你是在怎样的境遇里,每天从事怎样的职业和怎样地操持,是设计房子还是打制家具,它都会无声无息地照亮你,使你可能为一个城市、一个家庭的房间又添置了经典,添置了可以供世代的人去欣赏和享受的美,而不是才过了几年,人们已经在说,哎哟,好难看哟!

谁会不想要这样的一盏灯呢?

◆阅读优秀◆

文学是很丰富的,各种各样。但是它又的确分成优秀和平庸。我们哪怕可以活上三百岁,有很充裕的时间,还是有理由只阅读优秀的,而拒绝平庸的。所以一代一代年长的人总是劝说年轻的人:"阅读经典!"这是他们的前人告诉他们的,他们也有了深切的体会,所以再来告诉他们的后代。

这是人类的生命关怀。

美国诗人惠特曼有一首诗:《有一个孩子向前走去》。诗里说:

> 有一个孩子每天向前走去,
> 他看见最初的东西,他就变成那东西,
> 那东西就变成了他的一部分……

如果是早开的紫丁香,那么它会变成这个孩子的一部分;如果是杂乱的野草,那么它也会变成这个孩子的一部分。

我们都想看见一个孩子一步步地走进经典里去,走进优秀。

优秀和经典的书,不是只有那些很久年代以前的才是,只是安徒生，只是托尔斯泰，只是鲁迅；当代也有不少。只不过是我们不知道，所以没有告诉你；你的父母不知道，所以没有告诉你；你的老师可能也不知道，所以也没有告诉你。我们都已经看见了这种"不知道"所造成的阅读的稀少了。我们很焦急，所以我们总是非常热心地对你们说，它们在哪里，是什么书名，在哪儿可以买到。我就好想为你们开一张大书单，可以供你们去寻找、得到。像英国作家斯蒂文生写的那个李利一样，每天快要天黑的时候，他就拿着提灯和梯子走过来，在每一家的门口，把街灯点亮。我们也想当一个点灯的人，让你们在光亮中可以看见，看见那一本本被奇特地写出来的书，夜晚梦见里面的故事，白天的时候也必然想起和流连。一个孩子一天天地向前走去，长大了，很有知识，很有技能，还善良和有诗意，语言斯文……

同样是长大，那会多么不一样！

◆自己的书◆

优秀的文学书，也有不同。有很多是写给成年人的，也有专门写给孩子和青少年的。专门为孩子和青少年写文学书，不是从古就有的，而是历史不长。可是已经写出来的足以称得上琳琅和灿烂了。它可以算作是这二三百年来我们的文学里最值得炫耀的事情之一，几乎任何一本统计世纪文学成就的大书里都不会忘记写上这一笔,而且写上一个个具体的灿烂书名。

它们是我们自己的书。合乎年纪,合乎趣味,快活地笑或是严肃地思考,都是立在敬重我们生命的角度,不假冒天真,也不故意深刻。

它们是长大的人一生忘记不了的书,长大以后,他们才知道,原来这样的书,这些书里的故事和美妙,在长大之后读的文学书里再难遇见,可是因为他们读过了,所以没有遗憾。他们会这样劝说:"读一读吧,要不会遗憾的。"

我们不要像安徒生写的那棵小枞树,老急着长大,老以为自己已经长大,不理睬照射它的那么温暖的太阳光和充分的新鲜空气,连飞翔过去的小鸟,和早晨与晚间飘过去的红云也一点儿都不感兴趣,老想着我长大了,我长大了。

"请你跟我们一道享受你的生活吧!"太阳光说。

"请你在自由中享受你新鲜的青春吧!"空气说。

"请你尽情地阅读属于你的年龄的文学书吧!"梅子涵说。

现在的这些"国际大奖小说"就是这样的书。

它们真是非常好,读完了,放进你自己的书架,你永远也不会抽离的。

很多年后,你当父亲、母亲了,你会对儿子、女儿说:"读一读它们,我的孩子!"

你还会当爷爷、奶奶、外公和外婆,你会对孙辈们说:"读一读它们吧,我都珍藏了一辈子了!"

一辈子的书。

Der Denker greift ein

目录

1	第一章	这是关于他们的故事
8	第二章	不翼而飞的钱包
25	第三章	疑云团团
45	第四章	公开的日记
61	第五章	藏在课桌里的手表
74	第六章	心烦意乱
80	第七章	看望先生
97	第八章	快要水落石出了
112	第九章	和班主任辩论
123	第十章	一次失败的会面
143	第十一章	破案了!
175	第十二章	学会喜欢的好处
181	直击校园生活 发现疑难问题	

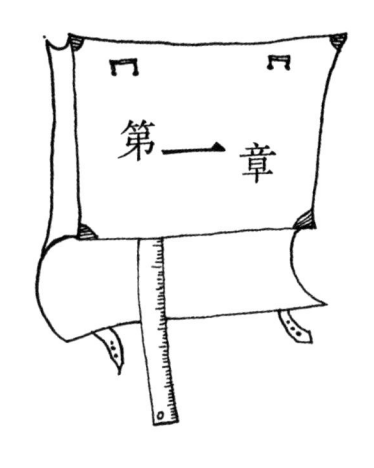

第一章 这是关于他们的故事

本章不是故事的开头,只供读者熟悉一下全篇的几个主要人物。

招风耳奥特尔,头发又短又硬,像是一蓬火红火红的猪鬃。他细高个儿,精瘦精瘦的,密密麻麻的雀斑挤满了他的脸,不过这一点儿也不像翘鼻子小姑娘脸上的那种雀斑——金黄色的,细细密密的,顶可爱,谁看见都欣赏。不,奥特尔的雀斑是灰褐色的,看着就让人联想起英国小花斑狗,甚至可以认为他跟油漆工最相像,仿佛他刚刚仰着脸往天花板喷洒完灰褐色油漆,整张脸溅上了斑斑点点。在奥特尔数不胜数的雀斑中,有两个斑块最值得赞叹:右脸颊上的一个斑块非常显眼,形状简直像非洲地图,上头甚至找得到开罗和好望角;左脸颊的一个斑块有大拇指指甲那么大,模样很像

一颗心,凹进去的地方有一条小尾巴,看起来更像黑桃A。难怪全班同学都管他叫"黑桃爱司",而从不唤他奥特尔。只有托马斯一人叫他"骆驼",因为他的腿细长,膝盖骨凸起。不过,也就托马斯一人这样叫,别人并不跟着叫,谁都知道他跟奥特尔早就闹翻了。

米哈艾尔也像奥特尔一样又高又瘦,只是他的皮肤是淡褐色的——像是加了咖啡的牛奶。米哈艾尔的外公是地地道道的黑人,过去是驻奥地利的美军士兵。他的母亲当然就是个黑白混血儿。这样,米哈艾尔当然也是个混血儿,或者如有些人所说的那样,是个四分之一混血儿。

米哈艾尔有一头长长的鬈发、一双黑褐色的眼睛和一对毛乎乎的眉毛,那些小姑娘公认他是头号美男子。此外,米哈艾尔平常的穿着总像要登台演出似的:加领结的白衬衫,蓝夹克,胸前的小口袋里插着一块小手绢,灰裤子的两条褶痕烫得笔挺。不错,他有时也穿一身运动装,但外面总会罩一件又细又软的白色羊羔皮短上衣。谁也不敢伸手去抓他的衣袖,生怕留下一排手指印,弄脏他的衣服。还有,他说话也跟别的孩子不一样,那简直是出口成章。难怪德文老师总把他树立为全班的榜样,说米哈艾尔的德文水平最高。全班同学都管他叫"先生",就连托马斯也不例外。

达尼尔的个头儿并不突出,身体圆滚滚的。红扑扑的面颊,一头淡黄色的头发,让他看起来像个小姑娘。他胖是有些胖,可谁也没有看见他比别人吃得多。他从不愿到外头溜达,脸色却总是绯红。他的学习成绩比谁都好,但谁也没发觉他做作业特别用功、听讲特别专心。达尼尔总坐在座位上,双眼半睁半闭,出神地吮着手指。从旁看去,仿佛他就要打起瞌睡来了,有时连老师们也以为他睡着了。

"醒醒,达尼尔!"老师们总是这样亲切地大声提醒他。所有老师对班上成绩拔尖儿的学生,态度都格外亲善。

每当这种时候,达尼尔总是赶紧把手指从嘴里拿出来,低声回答:"我没睡,我在动脑筋……"

他在想些什么,从不对人说。要是有人问他在想什么,他总是支支吾吾地回答:"可不就是什么都想想呗。"

要不,他就这样回答:"我让自己的思想自由驰骋,它们一会儿跳到这儿,一会儿蹦到那儿,我只是在一旁注意领会罢了。"

班上同学给达尼尔起了个雅号:思想家。

思想家、先生、黑桃爱司三人很早就是好朋友了。他们一块儿进幼儿园,一块儿进小学,如今又一起在同一所中学的同一个班里学习。先生和黑桃爱司坐一排,思想家坐在他们的前一排,更确切地说是坐在黑桃爱司的前面。

从某种意义上说,李丽贝特也是他们一伙的。她也跟他们上同一所幼儿园、同一所小学。正因如此,思想家让她跟自己坐同桌,并允许她抄自己的作业。如今她是科科满分。有时没办法抄袭,比如考数学时,老师会给并排坐的同学各出一套题,一个考 A 卷,一个考 B 卷,这时思想家就会替她先做好 B 卷,然后悄悄塞给她。对思想家来说,考试时间很充裕,考卷不消二十分钟就可填满。

尽管如此,李丽贝特并不能成为思想家、黑桃爱司和先生真正的朋友。那是因为她有个要命的毛病,说得更准确些,那算不得是她的毛病,而是她妈妈的毛病:她妈妈这不准那不许,对她管头又管脚。一放学,她就要不顾一切,抄近路飞奔回家。"从学校回到家不得超过十分钟。"李丽贝特的妈妈给女儿做了规定,并亲自检查她是否准时。要是放学铃响过十五分钟以后,李丽贝特还不到家,妈妈就会惊惶不安。要是李丽贝特过了二十分钟才气喘吁吁地回到家,那妈妈准已迎出门来,在大街上哭哭啼啼、喋喋不休地埋怨起来。万一李丽贝特迟回家半个钟头怎么办?那简直无法形容了。

"她呀,要是没心肌梗死,准会不停地给警察局打电话,扰得人脑袋发涨。"李丽贝特对这一点深信不疑。

李丽贝特的母亲倒不是个很凶的妈妈,只是她有一种说来叫人很难相信的恐惧症,让她时刻被一些可怕的事情折磨着。总好像

黑桃爱司	思想家
先生	李丽贝特

她的李丽贝特遭遇了什么不幸,不是让电车就是让小汽车撞倒了。她尤其害怕女儿会遇上杀人凶手、流氓和街上各种各样的狂徒。特别是在报上连连登载这类犯罪案件的日子里,李丽贝特的妈妈要求女儿赶回家的时间就不是十分钟,而是八分钟了。女儿为了不让她提心吊胆,也只好满足她的要求。

"李丽贝特,我的小天使,跑快点。"她恳求女儿道,"要不我会吓死的!"

午后,李丽贝特也不能一个人出去玩。冬天,天黑得早,妈妈总到学校去接她。有时李丽贝特排练大合唱,她就在校门口等着。李丽贝特去游泳,她就在游泳池的前厅,边看报纸边等候。要是李丽贝特去滑冰,她就在观众席上目不转睛地盯着。

当然,思想家、黑桃爱司和先生都认为,对李丽贝特这样一个处处被人管着、护着的小姑娘,他们是应该尽一切可能好好照顾的,不过他们又一致认为同她建立真正的友谊是不可能的。谁都知道,真正的友谊需要交友双方都有充足的可供自己支配的时间,而这样的时间李丽贝特一点儿也没有。

和思想家、黑桃爱司和先生不同,托马斯一心一意想跟李丽贝特结交。开学第一天,托马斯在校门口一眼看见李丽贝特,就喜欢上了她。托马斯甚至打定主意天天放学后到李丽贝特家做客,跟她一起玩骨牌、打扑克,吃李丽贝特妈妈烤的馅儿饼,尽管他并不喜欢骨牌、扑克和馅儿饼。瞧,他喜欢李丽贝特到了这种程度!可是李丽贝特却不为所动。在她心里,谁跟先生、黑桃爱司和思想家过不去,谁就是她的死对头。所以即使托马斯给李丽贝特连连写字条,不管写几张,不管写得有多长,又是解释又是建议,可是这个僵冷的局面还是无法改变。

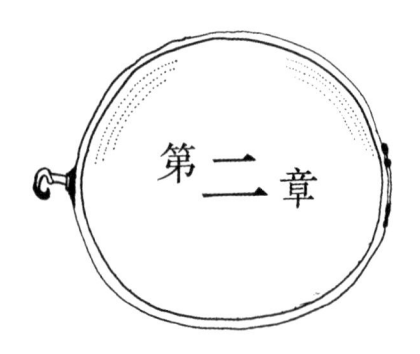

第二章 不翼而飞的钱包

三年级①五班发生了一些坏事,但情况还不算很严重。

三年级五班有十五张课桌,每张课桌配了两把椅子。这天早晨,有些桌子空着,有些桌子只坐了一名学生。原来流行性感冒蔓延开来了。玛苔尔坐在靠窗最后一排,连连打着喷嚏,上拉丁文课的女教师米叶尔太太在讲台上高声对玛苔尔说:"请你捂住嘴,玛苔尔,要不然会传染给旁边同学的!"玛苔尔气鼓鼓地用手指戳戳旁边没人坐的空位子说:"施奈台尔已经感冒了。我的感冒就是他传染的。"

---

① 奥地利中学三年级相当于我国初中一年级。

"可这会儿你喷了我一头。"坐在玛苔尔前面的托马斯转过来,用手掌去擦后脑勺儿上的唾沫星子。

"我打喷嚏是捂着嘴的。"玛苔尔回了一句,谁知话音刚落,鼻子发痒,鼻翼颤动,她又大声打了个喷嚏。

"这不,又喷了我一脸!"托马斯转过身去,用手擦去脸上的唾沫星子。

"托马斯,"米叶尔太太下令道,"你来洗洗脸!"托马斯嘟嘟囔囔地向着水池走去。这时李丽贝特举起手来,说:"米叶尔太太,龙头没了。"

"怎么没啦?我刚才还看见的。"

"是没有啦,没了一个星期啦,有人把它弄走了。"李丽贝特说。

米叶尔太太感到莫名其妙,她看看门边那排桌子,伸手指了指浅褐色头发的男孩,问道:"他不是龙头是谁?"

同学们一阵大笑。原来,她指的浅褐色头发的男孩叫克朗。在德语中,"克朗"一词与"龙头"一词同形同音。显然,米叶尔太太没听明白李丽贝特说的话。浅褐色头发的克朗站起来,推了推宽边眼镜,说:"她说的不是我,是水池上那个铜疙瘩水龙头。"

克朗坐下后,班里还是喧笑不绝。上课感到枯燥时,大家都很乐意抓住一些小事寻寻开心。

米叶尔太太瞅了瞅水池,发现水龙头真的没有了,光有一个底座留在那里。

"那就到厕所去洗吧。"米叶尔太太说。

托马斯向门边走去,黑桃爱司马上大声叫住了他:"等一下,我这就把龙头打开!"

托马斯停住脚步。黑桃爱司走到水池边,从裤袋里掏出一把小扳手,钳住底座上的螺丝拧了一下,一股细小的水流淌了下来。

"阁下,请吧。"黑桃爱司说着,特意毕恭毕敬地弓了下腰,活像饭店服务员倒香槟酒的姿势。

"谢谢,骆驼。"托马斯站到水池边,边说边掬起水往脸上泼,呼哧呼哧地洗了起来。

全班同学全神贯注地看着他俩的表演。大家对一些和上课不相干的事,总是特别感兴趣。

"行啦,托马斯。"米叶尔太太说。

托马斯向自己的座位走去,把手上的水滴甩了一地。黑桃爱司用小扳手拧紧螺丝,想把水关上,可是拧着拧着,他突然大叫一声:"啊,该死!"他把小扳手高举过头顶,上面还钳着个方形的螺丝。"完了,我永远也堵不上水啦!"

坐在头排的罗伯特举手说:"米叶尔太太,我去把总务主任请来吧!"

托马斯这时已经回到了自己的座位上,却又马上转身出了个主意:"也许还是去叫密茨尼克先生更好,他对这些玩意儿最在行。而且在他那里,我们不用挨骂就能应付过去。"

"谁也别去请!"米叶尔太太看了看手表,不耐烦地说,"我们就这样没完没了,把时间都浪费了。就让水淌去吧,课间休息时再去把总务主任请来。"

米叶尔太太转身向着黑板,在上面写了三个拉丁语的词:

LAUDO　　LAUDAS　　LAUDAT[①]

托马斯坐定,黑桃爱司却不知怎么办才好,踏着步低声说道:"请原谅,米叶尔太太,可这总得请个人来修一修呀,这水……"

"用不着。"米叶尔太太打断了黑桃爱司的话。

"可这水一直淌个不停……"

"奥特尔,你别再拿这烦人的水来打搅我了!我懂你们这套鬼把戏。我再也不会让你在我的拉丁文课上表演了。"米叶尔太太把

---

① 拉丁语"赞颂"的三种变位形态。

粉笔递给他,"为了让你态度严肃一点儿,你上来接着写下去。"

黑桃爱司伸手接过老师的粉笔,可他焦虑不安的目光还盯着水池。

"奥特尔,"米叶尔太太说道,"下面怎么写?"

"对不起,可这水……"黑桃爱司开口还是水的事。

"别再提淌水的事!"米叶尔太太提高了嗓门儿。她早已恼火,出现在双眉间的那条深深的竖纹足以证明这一点。那条竖纹会很快上升到发际,那时,暴怒准会发作——填空题、背单词,测验会如狂风暴雪一般向孩子们袭来,而且还都要打分。黑桃爱司提心吊胆地瞅瞅米叶尔太太眉心处那深深的皱纹,在黑板上写了起来:LAUDAMUS(我们赞颂)。

"很好,奥特尔,现在接着写'你们赞颂'。"

"LAUDATIS(你们赞颂)。"黑桃爱司写着写着,米叶尔太太的皱纹慢慢舒展开了。黑桃爱司又接着写:"LAUDANT(他们赞颂)。"米叶尔太太额头上的皮肤平整得像小女孩的皮肤一样了。然而好景不长,不一会儿,玛苔尔又"阿嚏"一声打了个喷嚏,声音响得可怕,紧接着托马斯就吼叫起来:"又喷了我一身!"

"我怎么啦?啊,真对不起。"

玛苔尔因为感冒,流着鼻涕,说话声音有些沙哑。

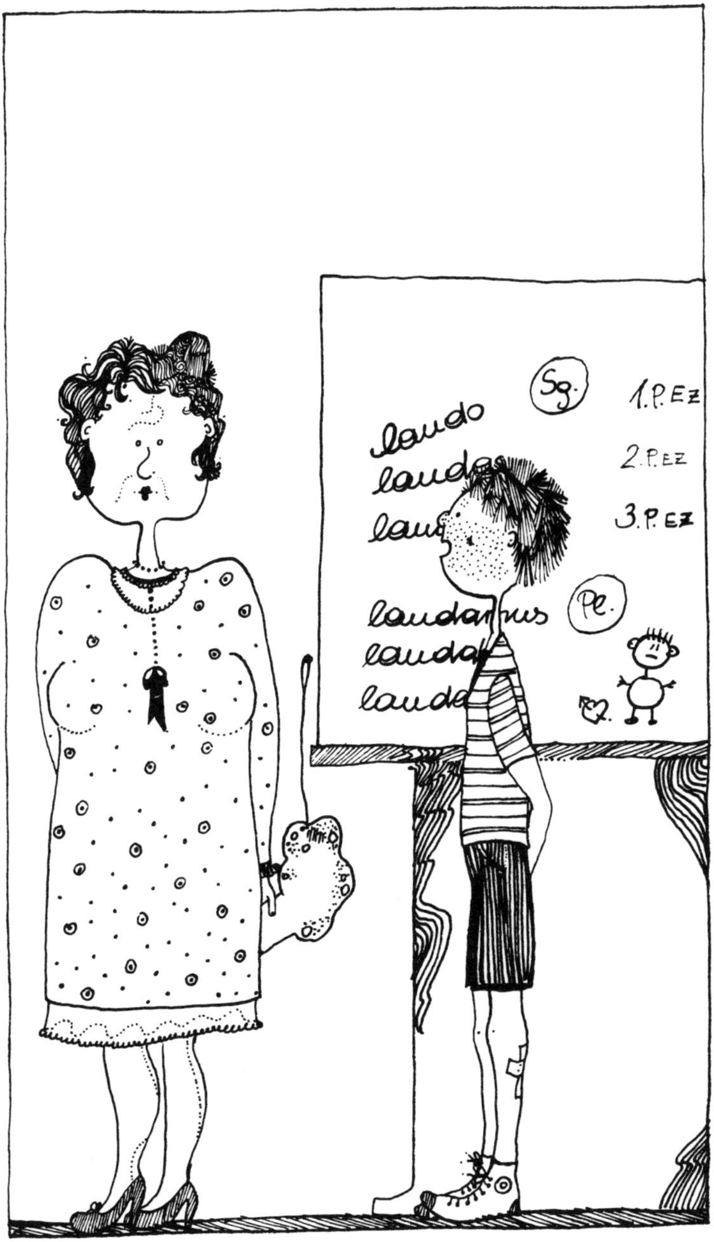
Sg.
1.P. EZ
laudo
2.P. EZ
3.P. EZ
Pl.

米叶尔太太眉心的竖纹顿时爬到了发际。她站到讲台上,从提包里取出一张纸巾,等玛苔尔去拿。谁知玛苔尔纹丝不动。

"我看她烧得有点儿迷糊了。"秀吉说。

米叶尔太太走到玛苔尔身边,摸了摸她的额头。

"你烧得厉害!"她惊叫起来,"你得赶紧去找大夫看看!"

"她昨天就发烧了。"杜娜莉说。

"你怎么这样大意?干吗还坐在这里?"米叶尔太太很难过地摇摇头。

"因为下星期就要测验了,"玛苔尔趁一个喷嚏还没打出来,赶紧说,"妈妈让我一堂课也别落下。"说完,小姑娘又一连打了三个爆响的喷嚏。余音缭绕中,勉强可以听见她那沙哑的声音:"我得抓紧时间,妈妈……"

"托马斯,请你把她带到办公室去。"米叶尔太太叹息一声说,"叫人给她家里打个电话,请她家人来把她接回去。还有,你帮她把东西收拾收拾,她没有力气收拾了。"

托马斯看起来不太高兴,不情不愿地按老师的吩咐去做。他甚至不想把手伸进玛苔尔的书箱,嘴里嘟哝着:"真是没办法!"他带着极端厌恶的表情,在玛苔尔的书箱里掏了一下,一大堆裹着鼻涕的纸团撒了一地。

"这些皱皱巴巴的脏东西难道都得让我捡?"托马斯愤愤地嘟哝着。

米叶尔太太无可奈何地看着撒了一地的纸团。这时,先生米哈艾尔从座位上站了起来,向纸篓走去,然后把它拎到了玛苔尔的书桌前。他蹲下去,用双手把鼻涕纸拢进了纸篓。

"我们无比敬爱的托马斯,捡捡鼻涕纸死不了人!"米哈艾尔看不过眼,说道。

"谢谢,米哈艾尔,你说得太好了!"米叶尔太太谢了他之后,亲自从书箱里拿出了玛苔尔的书包,又把课桌上的东西都装了进去,塞到了托马斯的手里。

玛苔尔摇摇晃晃地从座位上站起来,随后又接连打起喷嚏来。托马斯装出一副苦相,不过他还是拽着玛苔尔的衣袖,把她拉出了教室。米叶尔太太等到他们走出教室,关上门,这才说:"好啦,现在让我们回到课本上来。"她走向黑板,可是刚经过水池,她的眼睛一下子瞪圆了——池里的水快溢出来了,龙头的水淌得正带劲呢!

"天哪!"米叶尔太太惊叫起来,"水就要溢出来了!"

她的声音尖得刺耳,额头即刻出现三道皱纹:两纵一横。

"请原谅,我早就说得请总务主任来。"黑桃爱司说。

"那你就跑去把他请来,快点!"

黑桃爱司走出教室,他看起来并不着急,于是米叶尔太太追上去喊:"怎么慢吞吞的!步子迈大点儿!"

她目不转睛地盯着水池。由于视线集中,她觉得水就像一座山似的在池子里耸了起来。

坐在头排的思想家达尼尔,把含在嘴里的手指拔了出来,说:"问题在于,下水管不畅通,所以流下来的水急,漏下去的水慢。"

"下水管不畅不知有多少日子了。"费尔吉在一旁插嘴。

"水管堵了,为什么没人去报告?"米叶尔太太尖着嗓子大喊大叫,"你们干吗还坐在那儿?一个个像木头人似的,等着发大水?你们怎么啦,都愣在那儿?"

这会儿米叶尔太太的额头布满了小方格,因为纵横交错的皱纹一下都连了起来。也许由于恼怒,也许由于无能为力,她浑身哆嗦,束手无策。

"舀水的器具!找个可以舀水的器具来!"米叶尔太太的目光四处搜寻,"得赶紧把水舀掉!你们怎么不来舀水呀?"

丽盖娜犹豫不决地举起她浇花用的洒水壶,可那个天天放在课桌上的洒水壶只有酒杯那么大。

"丽盖娜,别傻里傻气地开玩笑了!"米叶尔太太大声呵斥道,"水要是溢到地板上,你们全都得负责!"

先生侧着头，眯起一只眼睛，估量着水池里的水位，说："还有三厘米，就得发出危险警报了。"

"不，还有五厘米。"李丽贝特纠正道。

"归根结底，你们还是得快点分头去找舀水的器具来。"米叶尔太太不安地说，"应该赶紧动手舀水了。"

"可我们什么舀水的家伙都没有。"李丽贝特说，"别的班上也不会有。花瓶倒有几个，只是里面都已经装满水了……"

"这幢该死的大楼，总该在什么地方有个蓄水池吧?！"米叶尔太太抑制着满腔的怒火。

这时，思想家站起来，慢慢走到了水池旁。他打开水池下方墙壁上的一个小铁门，在里面的一个什么东西上拧了几下，水龙头就不再往下流水了。

"这是总阀门。"思想家简明扼要地说。

米叶尔太太摇摇晃晃走向椅子，一下子瘫在上面。

水池里的水位徐徐下降，可是米叶尔太太的额头并没有舒展开来。

"达尼尔，"她声音颤抖地说，"你一开始就知道用这种方法可以关住水龙头吗？"

思想家点点头。

"我只是想等等,看看到底还有谁知道这个方法。"他解释道。

米叶尔太太深吸一口气,准备发表长篇大论。从她额头上交叉的皱纹来看,这番话不会是心平气和的。可就在这时,教室门打开了,总务主任和黑桃爱司跑了进来。

"发生火灾啦?"总务主任问,"在哪儿?"

"不是火灾,是水灾,施特里巴尼先生。"米叶尔太太说。"不过,"她得意地指了指水池,"我们已经关掉了总阀门,险情已经排除了。"

施特里巴尼先生也许是全城最不好说话的总务主任。他朝米叶尔太太狠狠瞪了一眼,高声斥责道:"我在吃午饭,被你叫上楼来,就为了让我听这动人的故事吗?"

"敬爱的施特里巴尼先生,"米叶尔太太带着歉意说道,"我让学生去请你的时候,我们的情况确实糟透了!那会儿我们还没有找到……"

"当然,当然。一出事,什么也不研究,什么也不分析,只要跑去叫总务主任就行了,这比自己动脑筋是简单多了。"

总务主任转身朝门口走去。下课铃响了,他的最后一句话谁也没听清。有的学生一口咬定他嘟嘟哝哝地说:"唔,下课了。"(这话只不过是说下课铃响了。)有些学生却说,好像听到他在骂:"真是

三(5)班

的,乱成这个样子!"(他因为学校卫生状况不好曾经说过这类话。)黑桃爱司离总务主任最近,他却拿脑袋担保,总务主任施特里巴尼先生说的是:"可恶!"(这话不是骂别人,只会是骂米叶尔太太一个人。)

最后一点水"咕"一声流下水管时,米叶尔太太心情沉重地离开了教室。三年级五班顿时议论开了,都说这堂拉丁文课取得了空前的成功。

"她连家庭作业也没检查!"杜娜莉得意地欢叫起来,在课桌间的走道上用一只脚蹦跳着。

"也没上新课!"

黑桃爱司开心得不能自已,甚至扑过去拦腰抱起正转过身去的托马斯。谁都知道托马斯跟黑桃爱司不对付,因此在托马斯看来,黑桃爱司的突然一抱,跟玛苔尔的喷嚏一样,令人嫌恶。

这时,铃声又响了,下一堂是数学课。数学老师是个男老师,他喜欢走进教室时全班同学各就各位,一片肃静。像数学老师这样一个大人物,是不能冒犯的,这一点大家心里都很清楚,更何况测验即将来临。三年级五班决定这一次给这位乖僻的老师一些面子,于是像往常那样回到了各自的座位上。座位靠门最近的费尔吉恭候在门边,做好鞠躬的姿势,迎接数学老师,然后替他把门关上。

思想家把手指移到嘴角，小声对李丽贝特说："为什么这位老师出场时，大家得叮叮咚咚来上这么一通前奏？真让人讨厌！"

思想家每到数学课就发表这类批判言论，平常李丽贝特总是随声附和，可今天李丽贝特没吭声，她正聚精会神地在膝盖上的书包里翻找着什么东西。

"你找什么呀？"思想家问。

"我的钱包不见了。"李丽贝特一边找，一边回答思想家。她只顾着低头翻找，甚至连数学老师迈着正步走进教室，费尔吉恭恭敬敬鞠躬关门也没理会。一声"立正！"全体肃立，只有李丽贝特站不起来，因为她双手捧着书包。

"请坐！"数学老师大声答礼。

同学们坐下，椅子的移动声稀里哗啦响成一片。这时，李丽贝特的书包掉下去了，练习本、教科书，还有七七八八跟学习无关的小东西，撒了一地。李丽贝特蹲下去捡她的东西。

"你趴在课桌底下干什么？"数学老师问。

"我的书包掉了。"李丽贝特解释道。

"你干吗不把家里人也都带来呢？"思想家嘟哝着。

"你为什么把书包拿出书箱？要是书包放在书箱里，就什么事都不会有了。"数学老师说。

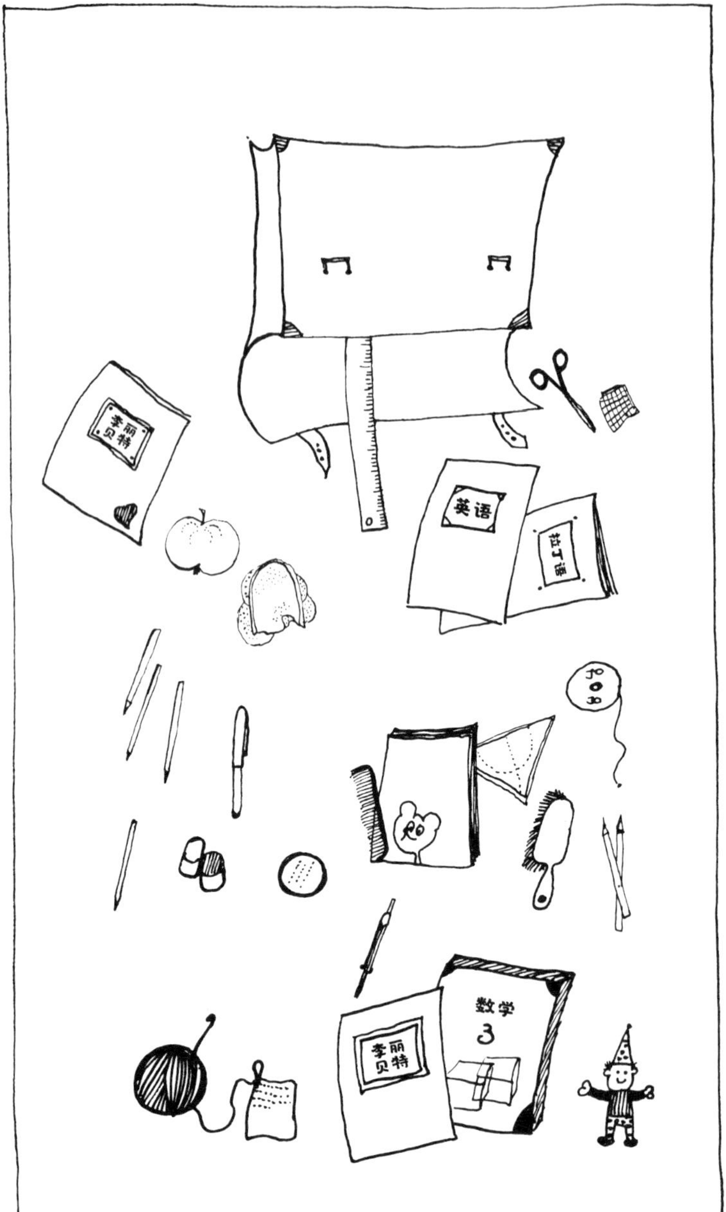
李丽
贝特
英语
拉丁语
数学
3
李丽
贝特

"我在找钱包，"李丽贝特辩解道，"我的钱包不见了。"

"这是怎么回事？"数学老师正颜厉色地望着李丽贝特。他双手插在裤子口袋里，走到她的课桌跟前。

"上拉丁文课以前钱包还在书包里，我说的是实话。"李丽贝特说，"那会儿我见过。可现在没了，真的没了……"

数学老师伸手做了一个大幅度的手势，把所有的同学都圈了进去。

"这么说，你是怀疑同学偷了你的钱包吗？"

"不，您说到哪儿去了！"李丽贝特摇着头，脸涨得通红。

"你能肯定，钱包确实是装在书包里？"数学老师在李丽贝特面前弯下腰去，"绝对肯定，百分之百？"

"会不会丢在家里了？"黑桃爱司在她背后问。

"这种东西放在什么地方很容易记错。"思想家说。

"里头有多少钱？"先生问。

"…………"

"哎呀，你为什么不吱声呀？！"数学老师前后摆动身体，重心在脚跟与脚尖之间倒换着，眼睛一直盯着她的脸。

李丽贝特整个儿慌了神。

"不知道……真的，我不知……"她把书包塞进书箱，支吾着坐

了下来。

"这就对了,这才是明智的回答。亲爱的李丽贝特同学,不能一上来就怪到同学头上。"数学老师回到讲台上,翻开点名册,问道,"上了拉丁文课以后,出席的同学有没有变动?"

"玛苔尔回家了,因为她不停地打喷嚏。"奥利维尔回答了老师。他是代理班长,班长哈纳克因病缺席了。

数学老师在点名册上注上了玛苔尔缺席。思想家小声安慰李丽贝特:"回到家你准会找到钱包的。"

"我也有过这种情况,"黑桃爱司说,"我跟人发誓说学生证装在衣服口袋里,可回家一瞧,学生证好端端地躺在书桌抽屉里。"

"说得对。"先生表示支持,"我们谁也不会去偷别人的东西。"

数学老师"啪"地一下合上点名册,大声说:"安静!事情已经结束,别再说话了!"

第三章

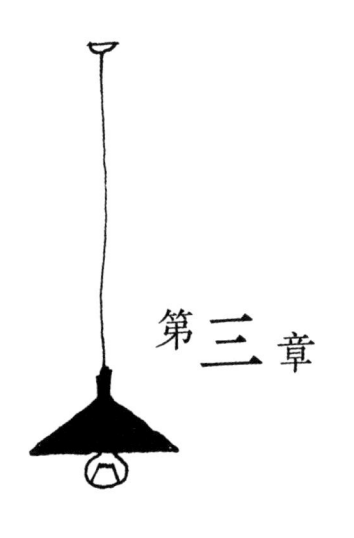

疑云团团

三年级五班频频发生失窃事件,大家的情绪低落到了极点;各种猜测如五月的鲜花一样竞相绽放。

这件事并没有如数学老师所说的那样结束。对李丽贝特而言,尤其没有结束。因为,正如我们知道的,她还有一个极其怕事的妈妈。怕事的人一旦遇到一些不该发生的事,事情的秘密还未揭开,一时还说不清眉目,仅仅有些可疑时,她就已经失魂落魄了。

李丽贝特的妈妈正是这样的人。她听说女儿丢了钱包,就一下子慌得不得了。根本原因倒不在于丢了钱,丢了珍贵的钱包,她惊惶的是由此推想到李丽贝特周围有贼。贼很容易变成强盗吧,而强盗跟杀人凶手只有一步之差。就说碰上个强盗吧,要是别人认出他来,要是被抢的李丽贝特叫起来,完全可能酿成凶杀悲剧。李丽贝

特的妈妈此刻已经想到:要是强盗猛击女儿的头部,可怜的女儿倒下去,失去了知觉,她从此就再也见不到天真可爱的女儿了。自从丢了钱包,李丽贝特央求妈妈别在大白天送她上学就更费劲了。不过,李丽贝特还是勇敢地表示反对妈妈再陪她进进出出。为了摆脱妈妈的保驾,她豁出去了。

"中午放学时,你别在校门口等我!"她用吓唬的口吻对妈妈说,"我发誓,一发现你在校门口,我就马上躲进锅炉房,再也不出来了。我在锅炉旁找个地方睡觉,也比你把我当成一年级小学生,牵着我的手回家要强得多。"

女儿的威吓果然生了效。李丽贝特的妈妈只得连声叹息,伤心地抱怨可怜的孩子没头脑,由于愚蠢和固执,处在危险之中还麻痹大意。但是,她再也不敢到学校去接女儿了。不过,李丽贝特的妈妈对数学老师不重视钱包失窃的事还是非常恼火。她完全相信自己的女儿,钱包绝不是上学路上弄丢的!李丽贝特说课间休息时钱包还在,那么肯定错不了!钱包准是在书包里的!如今李丽贝特的妈妈每天都能把这件倒霉事的细节唠叨上一百遍。

李丽贝特的爸爸也被弄得六神不安:"既然你这样一天到晚惶惶不安,那就到学校去,把你的想法全告诉他们!"他不耐烦地扯着嗓子说:"你试试看,让他们找警察把偷钱包的贼给抓出来!"

"奥托卡尔,这辈子我都不会这么干!"李丽贝特的妈妈惊叫起来,"怎么能到学校跟老师吵架呢?这对我们的女儿只会有害!"

这时,李丽贝特的爸爸叹了口气说:"照我看,你没完没了地唠叨,也会给女儿带来害处。"

"你这话是什么意思,奥托卡尔?"李丽贝特的妈妈尖声吼道。

李丽贝特的爸爸听了叹息一声,不过没有说话。关于应该怎样教育好女儿,他早已没有兴趣跟妻子争辩了。

李丽贝特家围绕钱包失窃的事争论不休,学校里的老师和同学却早就把这件事忘却了。李丽贝特在班上提都不提这件事,母亲在家喋喋不休的唠叨就已经够她受的了。既然钱包问题这么久没人提起,思想家、黑桃爱司和先生都断定:李丽贝特自己已经在家里找到了钱包。

一个星期平平安安过去了,大家都正常地上课,正常地完成作业。在数学课上做测验题时,思想家像往常一样,四道数学题全都替李丽贝特做了一遍,还设法给黑桃爱司和先生递了纸条,替他们各解了两道题。总务主任给水池安上了一个新龙头。患流行性感冒的同学也先后痊愈,陆续来上学了。三年级五班的同学课间休息时总在课桌间游来荡去,嘴里含混不清地念着这样一类"美妙"的句子:"一个老头儿踩着琴声跳开了舞,他们在一旁高声叫喊""他的

神情好吓人,双眼怒火喷溅,诅咒迸出唇间,他的鹅毛笔浸在血泊里面"。

显然,他们的德文文学课正在教诗人乌兰德的叙事诗。老师让他们背诵《歌手的诅咒》。这首叙事诗长得令人发怵!竟有十六大段!不过要背出来也不是不可能。因此,同学们一到课间就在教室里边游荡,嘴里边念念有词,个个额头上蹙起纵横的皱纹,模样跟拉丁文老师极其相像。对先生米哈艾尔来说,这种死记硬背可是尤为沉重的包袱。他背诵这类东西总是格外吃力,特别像"胆小的少年吓掉了魂⋯⋯"这样的诗句,他怎么背都背不熟。

"'吓掉了魂⋯⋯吓掉了魂⋯⋯',"先生有气无力地重复着,"'让它受诅咒吧⋯⋯吓掉了魂⋯⋯'。不对,我陷入这些怪词里绕不出来了。"

过一会儿,他又不得不打开德文课本,看看诗人乌兰德都用些什么怪诗句来描写"死"这样一件极易理解的事情。

一个星期就这样过去了。星期一,在德文文学课抽查背诵《歌手的诅咒》之前,课间休息时忽然又发生了一件事。先生一本正经地盘腿坐在讲台上,朗诵着:"谋杀我的万恶凶手,叫你听着我的歌声瑟瑟发抖!你听着,一切勇武的战功,在桂冠歌唱家面前,都显得轻如鸿毛!"

李丽贝特站在先生旁边,挠着头,纠正说:"不对,先生,应当是'一切勇武的战功,在歌唱家的桂冠面前……'"

"对我来说,'打额头'和'向额头打去'都是一样的。"先生反驳说。他用一只手抓乱自己那头长长的鬈发,又用另一只手烦躁地摸了一下他那特别漂亮的鼻子:"这些鬼诗真是无聊透了,有什么意思,我一点儿也看不出来……我背到天黑也背不出来!"

李丽贝特正要对先生说,德文老师老爱把个别学生抬出来,当作掌握祖国文学的典范,认为这些高才生准能懂得这种结构简单的诗都包含了什么意思。

突然,玛苔尔带着哭音尖叫起来:"不可能!这绝对不可能!"

她站在自己的课桌边,手里紧紧攥着她那精致的蓝色小盒子,失神地看着它。盒子里头空无一物。那是一个放"牛奶钱"的小盒子。每周星期一早上八点以前,玛苔尔就会把同学们大课间时在小卖部喝牛奶的钱收上来,放在那个蓝色小盒子里,等上午的课结束后,她再交给总务主任。今天,除了先生一人,大家都交了钱。玛苔尔记起了这事,立刻拿出小盒子。她满以为那盒子会沉甸甸的,少说也能有半斤重,谁知拿在手上却轻飘飘的,充其量只有十来克——小盒子是空的。

"牛奶钱不见了!"玛苔尔大叫起来。

教室里的背诗活动随即中断。《歌手的诅咒》一下子都卡在了同学们的喉咙里。他们都用跟刚才玛苔尔一样失神的目光凝视着那个蓝色的小盒子。这时,玛苔尔已经在扫视教室寻找费尔吉。费尔吉正站在纸篓旁边,一只手拿着德语课本和一个剥了一半的橙子,另一只手拿着橙子皮。

"费尔吉!"玛苔尔提高嗓门儿叫他,"我猜,这又是你在跟我开无聊的玩笑吧?"

费尔吉是班上最爱开玩笑的人,因此班上出了坏事,大家往往第一个想到他。他常常一讲奇闻逸事就没个完,而且不知为什么,他总是从结尾讲起,一下子就把最精彩的部分抖搂出来,还问大家听说过没有。要是大家回答上幼儿园那会儿就听说过了,他倒更来劲,照样讲他的,不过这回是从头讲起了。他有时会忽然跟大家开一些愚蠢的玩笑,他自以为这种玩笑非常滑稽。有一回,他把胶水抹在哈纳克的椅子上;有一回,他把大伙儿运动背包里的运动鞋都换了主人;有一回,他把蚯蚓放进了李丽贝特夹心面包的纸包里;有一回,他请大伙儿吃放了盐的糖;有一回,他把袖子跟衣襟缝在了一起。除了费尔吉本人,没有一人觉得他那些胡闹的打趣和荒唐的玩笑有什么逗人发笑的地方。可是费尔吉不曾觉得不好意思,他照样天天想出些新花样来。

"听着,你!"玛苔尔说着,正颜厉色地向费尔吉逼近,"要是你藏起了牛奶钱,跟我开玩笑,那么趁早拿出来;要不然,我会揍得你弄不清自己叫什么!"

玛苔尔为了表明对费尔吉的威胁不是随便说说的,随即举起了右手,真的摆出了打架的架势。费尔吉吃了一惊,手里的橙子掉在了地上,说话也结巴了:"我……我……发誓,我……没拿过你的牛……牛……奶钱……我说的是真话!"

"真话?"

玛苔尔的右手举在空中不动了。

"是真话,玛苔尔,"费尔吉向她保证,"我向你发誓,这种愚蠢透顶的玩笑,我没有开过。"

"上次他藏起了我的运动鞋,"秀吉大声揭发说,"他也起誓赌咒,说不是他干的!结果呢,就是他!"

秀吉是个胖姑娘,长着一头蓬松浓密的头发,颜色跟金鱼相仿,还卷成了一个个小卷。她很引以为豪。这姑娘跟费尔吉做冤家对头已有十年之久。他们头一回拌嘴还是在儿童游乐场里,那回,秀吉朝他眼睛撒了满满一把沙子。后来,在小学,费尔吉在秀吉手上咬了一口。不久前,因费尔吉拿秀吉的运动鞋搞了个恶作剧,他们之间又爆发了一场冲突。他们两人的战争,历史悠久,绵延至今。

"藏鞋归藏鞋,这跟偷牛奶钱可是两码事!"费尔吉反抗说,"偷钱是坏事,我可不开这样的玩笑,我从来不碰别人的钱,我不是那号人。"

玛苔尔放下了她的右手,她并不怀疑费尔吉说的是真话。倒不是因为她相信费尔吉是个诚实可靠的男孩,而是因为她很清楚费尔吉一撒谎眼睛就会斜向一边,同时还会笨拙地假笑。可现在,他直勾勾地望着自己,样子一本正经。

先生从讲台上走下来,和李丽贝特一道走到纸篓旁,站在了费尔吉和玛苔尔的身边。同学们已经在他们四周围了一圈。

"钱什么时候丢的?"先生问。

"我怎么知道?"玛苔尔耸耸肩,"我早上收好钱,盖上盖儿,就没再去看它。刚才我还以为钱还在小盒子里放着呢。其实,这钱可能早就被人拿走了。"

"我们去看录像时,"先生又问,"你把小盒子放在桌上了吗?"

玛苔尔难过地点点头。

"那就是说,我们到礼堂去看录像那会儿,有人进教室拿走了钱。"黑桃爱司得出结论。他拍拍玛苔尔的肩,安慰她说:"没有办法了!我们重交一次牛奶钱得了,多交一份牛奶钱,我们不会变穷的!"

"哎呀,大骆驼,我可不想交双份!"托马斯愤愤地说,"我是傻瓜蛋还是怎的,要交两回牛奶钱?"他拍了拍自己的脑门儿:"钱得向贼去要回!"

"那好吧,老人家!你就写上个启事贴在门口布告栏上:请求诚实的小偷儿将牛奶钱归还我们。"黑桃爱司嘲讽道。

同学们都嘻嘻笑了。托马斯两耳通红——那是他发火的先兆。

"你这头满身疥疮的脏骆驼!"托马斯恼羞成怒,"班里丢了钱,这可不是闹着玩儿的,听见了吗?你!"

黑桃爱司马上声明,他可没拿失窃事件寻开心,他嘲笑的是托马斯。这下托马斯的两只耳朵涨得更红了,好像耳朵里头着了火,透着红宝石般的血红色。他顿时如一头准备攻击斗牛士的公牛一般,向前拱起头来,要不是此刻德文老师胡福娜格尔太太进来,十有八九,他已经向黑桃爱司猛地一头撞上去了。

"同学们,怎么回事?发生了什么事?"胡福娜格尔太太站在教室门口问道。

她是三年级五班的班主任,属于那种很了解学生的老师。她能一眼就看出班里出了什么问题。

"骆驼在同学面前拿我寻开心!这不是头一回了!他老是这样!"托马斯叫喊道。可大家马上七嘴八舌说开了,他们要班主任明

小思想家在行动

白,问题不在于吵架,同学间吵个架根本不值一提,这回他们吵架是因为班里发生了失窃案!

"同学们,我请你们各就各位,"胡福娜格尔太太说,"你们当中哪一个人能给我讲讲,究竟发生了什么事。你们七嘴八舌的,我听不明白。"

围在纸篓旁的同学都走开了。玛苔尔看大家坐定了,就开始讲牛奶钱失窃的经过。胡福娜格尔太太听完,建议大家先仔细找一找。

"说不定,你无意中把钱放到别的地方去了。"她说,"也说不定呀,小盒子翻倒了,硬币撒在地上,滚到哪个角落里了。"

玛苔尔愤愤地否定了老师的说法。她说自己没有犯梦游症,她知道自己做了什么。她负责收牛奶钱已经三年,从来不把钱往别处搁,只放在这蓝色的小盒子里,以便一并交给总务主任。别说硬币撒落地上,就是盖子打开都是不可能的。

胡福娜格尔太太对玛苔尔的话无法反驳。看得出来,这件事让她很焦急。她忧心忡忡地说了许多话,说同学们还不太懂得看住自己的东西,再三要求同学们在离开教室时,千万别把贵重物品放在教室里。

"当然,这事很糟糕,简直糟透了!"老师说,"不过,像我们这么大的学校里，难免有一两个手脚不干净的同学。可揪出小偷儿几乎是不可能的。不过，还算好，这种事并不经常发生。对付这种偷窃行为，亲爱的同学们，我们只有一种靠得住的办法：把东西都收好，注意别将私人物品放在教室里！"

说到这里，胡福娜格尔太太叹了口气，又说这样令人痛心的事谈得够多了，现在回到文学课上来吧。她让哈纳克背诵上次布置过的第一段诗。

哈纳克无精打采地嘟嘟哝哝，背诵关于锁的那一段，诗里说远古时代这把锁就放在悬崖上，四方来人老远就能看见。这时思想家凑近李丽贝特，从嘴里拿出手指，小声说："我们上体育课那会儿，别的班有个同学请求上厕所，你说他有可能跑到咱们教室里来，直奔玛苔尔的课桌，拿走蓝盒子里的钱，再藏起来吗？"

李丽贝特摇摇头。

"我也不相信！"思想家轻声嘟哝了一句。

"那么，依你看，钱是怎么丢的呢？"李丽贝特压低嗓音问。

思想家没有来得及告诉她，因为他被喊起来接着背诵第二段诗了。

星期一，德文是最后一堂课，所以铃一响，大家都松了一口气——他们被这个沉闷不堪的诅咒故事折磨得够呛。事实上，整整

一堂课不停地背诵或听别人背诵这首诗,也的确让人觉得乏味。同学们把乱七八糟的东西随便往书包里一塞,不像往常一样飞奔下楼,而是规规矩矩地走到地下更衣室去。丢失牛奶钱的事谁也不再提起,转而谈论的是即将举行的手球比赛。离比赛只有三小时了。先生和黑桃爱司,以及班上所有的手球选手都在担心自己抓不住球,这堂可怕的课真的把他们都累垮了。

"这回咱们班准得输。"黑桃爱司闷闷不乐地咕哝着。

"你快回家吧,吃完午饭睡上一觉!"哈纳克叮嘱说。

黑桃爱司却说,他无论如何也不可能睡一觉。你瞧,他有个小妹妹,爸爸妈妈每天午后都让她睡觉,可她总也不肯,每次一放到床上就哇哇哭闹。她不睡,别人就休想合眼。

"你可以把耳朵堵上。"思想家给他出主意,"这很管用。我是从妈妈那儿学到的,她常常这样。"

思想家把在学校里穿的鞋子装进更衣柜,寻找那双回家穿的高帮皮鞋。三年级五班的更衣室总是乱糟糟的。同学们叫它"猴子笼",它看上去也确实像"猴子笼"。其实每个班都有这样一个"猴子笼":光用栅栏把地下室一块块隔开,每小间里放上两条长凳,栅栏的四面有供学生挂衣服的衣钩。进"猴子笼"要经过一道小门,小门上挂着锁。每天早上七点四十五分,总务主任把这些锁一一打开;

八点,上课铃一响,他又把这些门锁上。谁要在上课时间或课间休息时进去,先得到总务主任那里去取钥匙;放学以后更衣也得到他那儿取钥匙。几年前,更衣室不加锁,曾失窃过,从此就实行严格的加锁制度。这些"猴子笼"里的东西大家都以为是绝对不可能失窃的,思想家却不以为然,他的高帮皮鞋就被偷了,他怎么也找不到他的鞋。不过,最后他在开着的门背后找到了右脚那只,而左脚那只则是在"猴子笼"中间的鞋堆里拣出来的。这时,他的目光落到了罗兹薇塔身上。只见她正坐在思想家前面的一条长凳上,双颊挂满了泪珠。

"哎,罗兹薇塔,你真傻,难道一些小事也值得哭吗?这太没意思了!"

思想家以为罗兹薇塔是为背长诗《歌手的诅咒》而哭的。她在德文课上被叫起来三次,一次都背不出来,一句诗背错了好几处,因此胡福娜格尔太太给她打了个不及格,并记入了她的记分册。

"课堂口试不及格,计算总成绩时一般是不算的。"思想家安慰她说,"书面作业你的成绩都是优嘛。"

罗兹薇塔摇摇头,一颗大泪珠从她脸颊上滚落下来。思想家从裤子口袋里掏出一块手绢递给了小姑娘。她接过手绢,抹掉眼泪,说:"我的五十先令不见了。那是我一个星期的零花钱哪!空钱包被

小思想家在行动

扔在长凳底下,连公共汽车月票也被掏走了!"

"是吗?"思想家问。

罗兹薇塔点点头,把空钱包拿给大家看,说这钱包早上还装在她大衣口袋里。

"大家听着!"思想家大声说,"罗兹薇塔也丢了钱……"

三年级五班一半的同学还在更衣室里,一听说罗兹薇塔的钱包被掏空了,大家不约而同地大叫起来,声音之大,盖过了学校里的其他声音。

"不可能!"

"钱,准是她自己弄丢了!"

"我们在长凳下面再找找吧!"

先生和思想家趴在地板上找了好久,凳子下面都摸遍了,手和膝盖都弄脏了,钱却没找到。克朗找得也很卖力,头还撞在了门框上。玛苔尔把挂在挂钩上面的长短衣服的口袋都翻了翻,黑桃爱司甚至还仔细摸了一遍所有的挂钩。罗兹薇塔被他们扬起的尘埃弄得喷嚏连连,李丽贝特的手都扎了刺,五十先令硬币还是没找到。

"听我说!"黑桃爱司看着大家说,"我们班里出贼了。谁也不可能进我们这个'猴子笼'的。"

"总务主任那里有钥匙!"先生大声说了一句。

"你这是什么意思?"李丽贝特摇摇头,"你认为是施特里巴尼先生?"

"别说蠢话了。"先生沉下脸打断了她的话,"我是说有人会从总务主任那里偷偷取走钥匙。"

"可刚才是我跑去取的钥匙!"哈纳克大声说,"没有人把它拿走过,它跟往常一样挂在木板上。"

先生还是不服气。

"也许有人拿去过,又悄悄挂回原处了。"

李丽贝特又摇了摇头。

"蠢话!"她说,"你脑子里总有那么多古里古怪的念头,简单的事,经你一解释,就复杂得不得了。"

"那你有什么简单的解释呢?"先生脸色难看地挖苦李丽贝特。

"简单的解释……"李丽贝特脸红了,"也许我们班里有人像喜鹊,看见谁东西没放好,叼起来就走。先是我的钱包,然后是牛奶钱,这会儿又是罗兹薇塔的五十先令。这个小伙子应该已经积攒下一笔不小的财富了。"

"小偷儿为什么一定是小伙子呢?"思想家马上提出了这个问题,他连手指都还没从嘴里拿出来,"小偷儿也可能是女孩子。你以为只有男孩子才偷东西吗?"

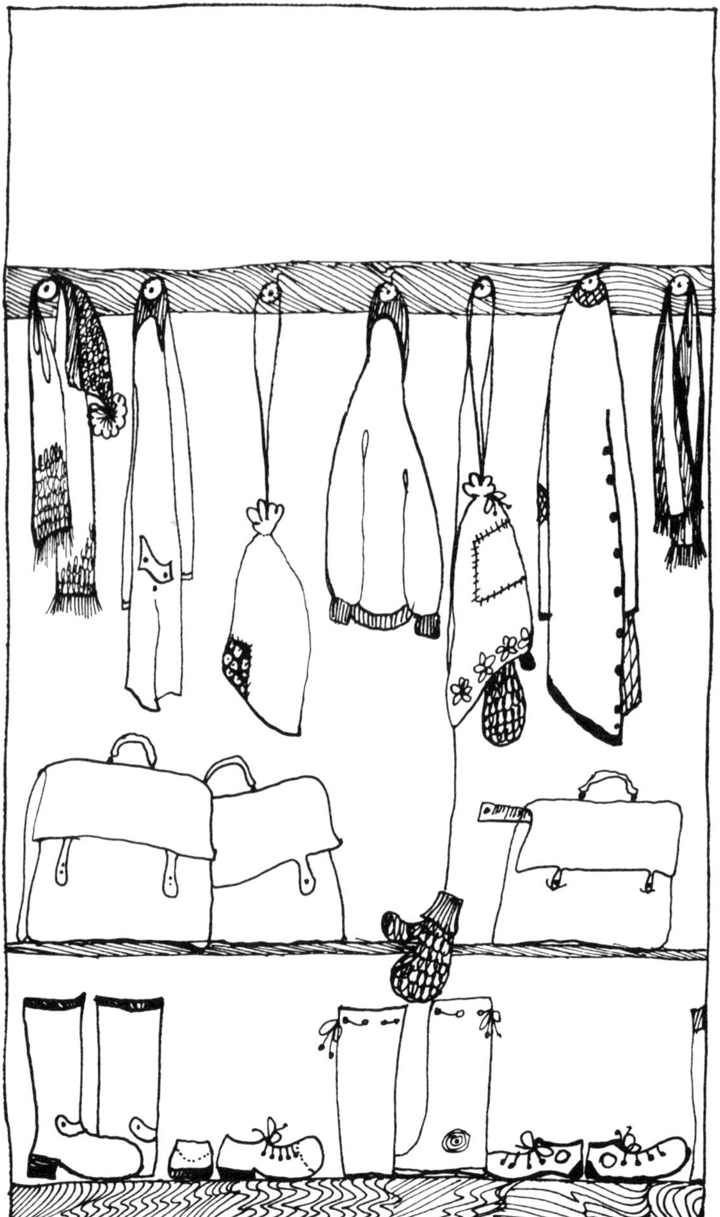

李丽贝特耸了耸肩膀。

"我得走了,"她说,"不然我妈妈会担心死的。"

李丽贝特一脚踢开自己那双在学校里穿的便鞋,两只鞋飞向远处的一个角落。别的同学也都各自拎起书包,跟着李丽贝特走出了更衣室。哈纳克锁上"猴子笼"的门。同学们默默走上了楼梯。总务主任正在楼梯口伸手等他们交还钥匙。哈纳克把钥匙放在了施特里巴尼先生的手里。

"你们动作快点,年轻人!"总务主任埋怨道,"要是我天天花这么长时间站在这儿等你们交更衣室的钥匙,我的脚非得站肿不可。"

"请原谅,施特里巴尼先生,我还想请问一下,我们班的钥匙有没有谁来拿走过?"先生问。

总务主任很不高兴地瞥了先生一眼。

"你说能是谁用过这把钥匙呢?"

先生耸耸肩。总务主任问:"我倒是要问问你们是哪个班的?"

"钥匙号牌上不写着嘛!"思想家嘟哝着回答。

"我们是三年级五班的。"先生说。

"啊——"总务主任拖长声音,脸上现出了怒容,"就是把水龙头弄丢的那个班?"

先生点了点头。

小思想家在行动

"就你们班,糟糕的事出了一桩又一桩。"总务主任低声埋怨说,"没人来取过钥匙。"

"确实没人来取过?"思想家反问道。

"确确实实没人来取过……哎,你怎么啦?提出这么莫名其妙的问题!"总务主任气得满脸通红,"还站在这儿?不回家去?尽说蠢话!今天谁也没有到我这里来取过钥匙。就是说,你们谁也没拿过钥匙。"

总务主任转过身去,嘴里咕咕哝哝,若有所思地走了。

"怎么样,我们先各自回家吧。反正不回家去,我们也无能为力。"黑桃爱司说。

三年级五班的同学们向校门口慢慢走去。李丽贝特走在大家前头,她是得紧赶两步才行。到了校门口,她跟大家点了点头,便撒腿往家跑去。即使这样,她回到家也要超过八分钟了。为此,她会挨妈妈十六分钟的大声责骂。

玛苔尔在拐角处赶上了李丽贝特。

"哎,我相信,"玛苔尔气喘吁吁地说,"我绝对相信罗兹薇塔丢钱呀,流眼泪呀,全都是装出来的。她总希望大伙儿注意她,她纯粹是在撒谎。我丢了牛奶钱,她就也得丢点儿什么。"

"我可不这样想。"

"你记得吧,去年明明是她自己藏起体操服,还说是人家偷了她的呢!"

"那是因为她不想去上体操课。"李丽贝特说。

"哪里哟!"玛苔尔的话里充满恶意,"罗兹薇塔为了惹人注意,宁可不吃饭。她还自以为得逞了。当时大家都怀疑芭勃西偷了她的体操服,哼,她说谎连眼睛都不带眨一下的!"

"不对!"李丽贝特气得甚至忘了往前赶路,"你这样说话,那是因为你总看不惯罗兹薇塔。你们两个不对付。罗兹薇塔一发觉芭勃西成了大家怀疑的对象,马上就承认体操服是她自己藏起来的。"

"那只是她被人逼到那个份儿上才承认的,要知道,达莉玛尔看见是她自己藏起来的!"玛苔尔用手指敲敲自己的脑袋,"李丽贝特,你怎么这么天真?一点儿分析问题的能力都没有,连她是个什么人你都看不清。"

这时,李丽贝特和玛苔尔要分道扬镳了。

"要送送你吗?"玛苔尔问。

"不用,用不着,我得赶回家去。"

正在这时绿灯亮了,李丽贝特赶紧跑到街的另一边去。她十分庆幸自己跟玛苔尔分开了。

"为什么玛苔尔总把人看得这么坏呢?"李丽贝特想,"谈起别

人,总不怀好意。"可快到自己家门口时,她又自言自语说:"不过,玛苔尔说的也不是没有一点儿道理,罗兹薇塔这人确实有点儿怪,这谁都看得出来。只要有人在她面前说上星期六去看了电影,她马上提高嗓门儿说,她也去看了电影。要是有人说人家答应生日那天送她一台电唱机,她就也得让大家相信,也会有人送她一台崭新的电唱机。今天她丢钱的事,也完全有可能是她编造出来的,做这出假戏,仅仅因为今天有人丢了钱。"

李丽贝特赶到家门口,这才深深叹了口气。什么原因,很难说,可能是由于对罗兹薇塔产生了一些不太好的念头,也可能是由于她一眼看见门边妈妈那张恐慌得变了色的脸。

李丽贝特的妈妈带着责备的目光看了看手表。

第四章 公开的日记

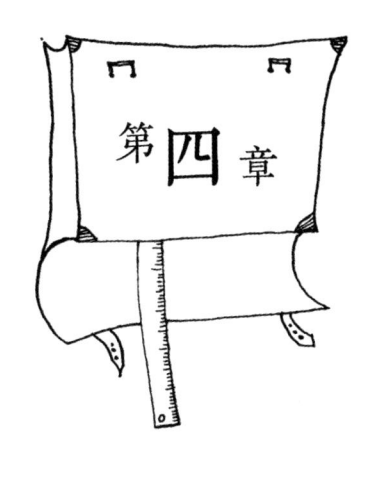

为了真实起见,在我们的故事里插入思想家日记中的几段记述。

　　思想家写日记已经有好几年了。思想家写日记不需要那种丝绒封面的精装记事本,有些人拿这种记事本写诗和心灵的秘密,并把它锁在抽屉里。不,思想家只把自己的思想写在厚厚的格子记事本里。他没有必要把日记本藏起来,因为里边压根儿就没有什么秘密。要看他的日记根本不需要征得允许,他的日记跟那些需要秘藏的日记完全是两码事。思想家一行一行写得满满当当,里面充满了各种各样的想法,而这些想法别人是绝对不感兴趣的。他的日记里有关于正义的思考,关于死亡的思考(一般是活着的意义),关于吝啬的遗传倾向的思考,关于其他星球有没有生命的思考,此外还有

小思想家在行动

关于善恶、政党、愚昧、莫名惊惧、考试得高分,以及整个人生的种种看法。

尽管黑桃爱司和先生是思想家最要好的朋友,可讨论起这些问题来,他们也并不感兴趣。他们至多只能做到耐心地听思想家讲下去,用手掩口,不让他看见自己在打哈欠。思想家尤其不需要妈妈跟他一起来思考这些问题。每当思想家力图弄清他所思考的问题时,他的妈妈就头疼,就害怕。

"达尼尔!"思想家刚想跟妈妈谈这类问题,妈妈就惊惶地叫了起来,"像你这样年纪的孩子,不该想这些事。在你长大以前先把这些念头丢开!应该快快乐乐地度过你的少年时期!"

这时,思想家便拉开架势要跟妈妈辩个明白,他得保卫自己思考各种问题的权利。他解释说,自己无法回避这些问题,有时有些问题甚至扰得他晚上睡不着觉。听了这话,妈妈总是忧心忡忡地摇摇头说:"你这个可怜人儿呀,达尼尔!我拿你一点儿办法也没有,因为我是一个女人。"

思想家的妈妈认为,思考问题是男人的事情。她爸爸,就是思想家的外公,从小就给她灌输这种思想,所以她对此深信不疑。

思想家的妈妈替儿子深深揪心,为儿子忧思绵绵,因为家里再没有第二个男人,也就没有人能来帮她解决这些问题。她天天都在为到底该不该再嫁而伤透脑筋。再嫁,家里就可以有个男人,好歹能帮她分析分析儿子的事。常有些男人到他们家来走动,妈妈把他们介绍给儿子,但是思想家一个也不喜欢。他不想跟他们谈心。这些男人一来家里做客,思想家就躲进自己的房间,把音响开得震天响,令客人头晕眼花,满头大汗。

说不清是这个原因还是别的什么原因,反正这些客人从此便不再上门,杳无音信了。不管是什么原因,思想家的妈妈认定原因只有一个,那就是思想家对接纳新爸爸还没做好思想准备。

思想家当然也是有过爸爸的。他的爸爸很有可能也是一个脑子里想法很多的人。不过,这一点思想家无法证实,因为离婚后他的爸爸就搬到瑞士定居了。按照离婚判决,爸爸有权一星期来看儿子一次,每年夏天父子可以在一起生活两个月。然而,他的爸爸却从来没有行使过这个权利。同时,由于法院判决中没有写明儿子是否有权主动去看爸爸,所以他们父子已经将近九年没有见过面了。

思想家从不提及自己的爸爸。要是有谁问起,他就回答说:"我没有爸爸,从来没有过。"

要是人家还不肯罢休,说一个人总该有过一个爸爸吧,不管这个爸爸是什么样的人。那时思想家就会说:"就算是吧。可我的爸爸死了,我还在妈妈肚子里时,他就死了。"

甚至,他对先生和黑桃爱司也是这么个说法,尽管他们俩都很清楚他是在说谎。先生和黑桃爱司上幼儿园时,就对思想家的爸爸有个模糊的印象。但是他们两个有约在先,从不会戳穿思想家的谎言。

"既然他跟别人说自己的老爹死了,"黑桃爱司有一次对别人说,"那他一定有他的原因。"

先生也完全赞同这样的观点。

思想家在自己的蓝色大笔记本里,也从不流露关于爸爸的只言片语。不仅如此,他的日记里也从不提起同学的爸爸。思想家的日记里一般也不写每天发生在自己周围的事。他认为这些都太无聊,不值得记在日记里。

在十一月七日以前,他的日记都是这样的。十一月六日,思想家还用小字密密麻麻写了三页,论证人不可能是天生愚笨的,没有一个孩子注定要在毕业证书上有许多不及格的分数。可是到了十一月七日,在一本新的日记本里,第一页是这样写的:

十一月七日

班上的情形每况愈下。这会儿又凑热闹似的发生了伊凡丢项链的事件,伊凡的金项链下面还有金坠子。体育课前,他把项链从脖子上取了下来,因为体育老师不允许学生戴项链上课。伊凡把它放在牛仔裤臀部右侧的口袋里,这一点毫无疑问,我亲眼看见他放的。那会儿我就站在他身边。后来我们一块儿进了体育馆。

课后发生了一场斗殴,因为托马斯找黑桃爱司的麻烦。在一片混乱中弄翻了更衣室的挂衣架,也确实有许多裤子和衬衣掉在了地板上。

但是这里边并没有伊凡的牛仔裤,这一点我看得很分明。斗殴让人受不了。我对斗殴反感透了,我也不去围观。这回我一开始就躲到角落去了。因此,我看见伊凡的牛仔裤好端端地挂在角落里,没有人把它扔到地板上去。总之谁也没有碰过它。

后来体育老师胡贝尔吹响哨子,制止了斗殴。伊凡去取自己的衣服换上。谁知他伸手一摸,项链不在了。

显然,失窃事件发生在打架之前。就是说,发生在上课时,甚至发生在上课前!如果细想下去,还能推理出许多事情来,不过我不想想下去了。这种思考往往得不到任何满意的结果,真的,得不到的。

小思想家在行动

我们班上的同学都在绞尽脑汁思考这些东西究竟是谁偷的。大家都神经过敏，相互猜疑。首先遭到猜疑的自然是自己心目中最讨厌的那个人。举例来说，秀吉怀疑费尔吉，黑桃爱司怀疑托马斯。先生呢，他确信是三年级一班的同学偷的，因为我们和三年级一班的男同学一起上体育课，可是他们班里还从来没有发生过这种失窃事件。

我让先生注意这一点，他却说事情是明摆着的，三年级一班那个小偷儿非常狡猾，所以才不偷本班的东西。我个人认为这种说法是荒唐的。

李丽贝特同意我的意见，也认为东西是我们本班人偷的，这事就像一加一等于二那样一清二楚。而且偷项链的人应该是个男孩子，因为伊凡项链失窃时，女同学都没在场。黑桃爱司说，所有的东西是不是一个人偷的，这一点还不能完全肯定。

也可能我们班刮起了一股偷窃风，个个都在偷。一个人偷了李丽贝特的钱包，另一个人摸了玛苔尔的牛奶钱，第三个人偷了罗兹薇塔的五十先令，第四个人掏走了伊凡的项链，因为他们都感染上了"偷窃"的病毒。这种想法自然是荒唐的,不过也不能排除。

我卷入了一场我无法得出满意结果的讨论。我还是不要再往下想了,最好根本不去想它,而是多多留心班上同学的行为,就像便衣警察或警犬跟踪小偷儿一样。我拿起妈妈做的字谜来猜,我想先把它猜出来,再进行思考就会好很多。

十一月八日,思想家没有在日记本上写一行字,因为那天家里大扫除。他们家一个月进行一次大扫除。每逢大扫除,妈妈就把家具全部移到屋子中央,卷起所有的地毯,把地板擦得锃亮。不过,千万别以为思想家那天不写日记是因为妈妈要他帮忙大扫除。千万别这么看!思想家的妈妈认为料理家务只是妇女的事情。那是她父亲当初灌输给她的一种观念,哪怕她的达尼尔动一根小指头搞搞家务,她都绝对不容许。漏记只是因为每逢大扫除,思想家觉得待在家里不舒服,家具从惯常的位置上移走使他生气,地板蜡的气味也仿佛在拼命将他往外赶。因此十一月八日午后的几个小时,思想家是在黑桃爱司家度过的。傍晚时分,他回到家里,家具都已回归原处,不过地板蜡的气味依旧很重,思想家干什么都不能专心致志,他只好读些喜剧作品。

小思想家在行动

十一月九日，思想家也没时间写日记。这天，他用小木球、毡块、细绳做了一个木偶，送给秀吉做生日礼物。思想家和秀吉说不上有什么交情。秀吉给思想家的印象，多半是不太愉快的。不过，这次秀吉邀请思想家到自己家里来过生日。十一月十日，秀吉就满十三岁了。参加生日聚会不带礼物去总有点儿说不过去。

木偶做得好极了，相信放在任何一家玩具店里，它都会成为橱窗里的陈列，被放在最最醒目的位置。思想家不舍得把它送给秀吉了，他考虑来考虑去，是不是把木偶留下，挑一个妈妈收藏的香皂盒送给秀吉做生日礼物？但他认为香皂盒会散发出香味儿，很讨厌，送给秀吉这样一个早就被宠坏了的小姑娘尤其不合适。最后，慷慨占了上风，他惋惜地用一张粉红色的纸包上他的杰作，再用一条蓝丝带扎好，在丝带下插上了一张厚纸片，上面写着：

祝亲爱的秀吉十三岁生日快乐！

由此可知，十一月十日这天他也没工夫写日记。

因此，下面抄录的是他十一月十一日的日记。

十一月十一日

今天学校里发生了一件不可思议的事！

一大早,秀吉由她的妈妈陪着来上学,这事已经使我觉得奇怪了。因为秀吉的妈妈并不像李丽贝特的妈妈那样神经过敏,引人发笑！接着,我看见她径直走进了教师休息室。这更令人感到奇怪了：学校又没请秀吉的妈妈来！

我问秀吉,她妈妈到学校里来干吗？她纳闷儿地看了我一眼,接着又令人纳闷儿地回答道："你很快就会知道了！"

果然,我很快就知道了。课程表上排的第一节课是数学,可谁知上课铃响过以后步入教室的却不是数学老师,而是胡福娜格尔太太。这当然也可能是一件出人意料的好事,可她压根儿不是因为数学老师病了才来代课的。

她是作为班主任,到班上来讲一件令人不快的事情的。她用沉重的语气告诉大家,秀吉的妈妈今天到学校里来说了一件骇人听闻的事。昨天秀吉生日晚会结束后,他们竟发现一本银行存折不见了！这分明是我们班上的人偷走的。要是十二小时以内查不出来,她就要上警察局报案了。上警察局！多荒唐！上警察局又有什么用？！到秀吉家去参加生日聚会的

小思想家在行动

共有十九个同学,其中我们班的只有十一人。

除了孩子,到她家祝贺的还有一些大人,他们都来自同一幢大楼,譬如昨天去的大人中就有好几个是秀吉妈妈的朋友。尤其荒唐的是,要是不知道存折的密码,谁也甭想从里面取走一分钱,而且存折已经挂失,纵使有人知道密码,钱也取不出来了。

不知为什么我憎恶秀吉的妈妈,也憎恶秀吉,亏她们想得出来!固然,她妈妈已经离开学校了,可秀吉整天摆出一副戒备的嘴脸,似乎她的四周尽是强盗。

昨天都怪秀吉这个白痴,她干吗要从自己的抽屉里拿出三本存折来,当着前来祝贺的大小客人炫耀她多有钱呢:瞧,这本她存两万,那本是一万三;瞧,她不用多久就能存到十万先令了!她就是这样打如意算盘的!她就要这样!

要是我能预料今天发生的事,我就把香皂盒送她敷衍一下算了,那木偶说什么也不送她!

就这样,我们班前去祝贺的十一个同学都有了偷窃存折的嫌疑。

先生说得很对,这存折同样也可能是秀吉妈妈的朋友偷的,她们没完没了地在房间里走来走去,不让我们有一分钟的安宁。她们个个都很有钱,这是不用说的。但有钱并不等于不偷钱。

譬如,我知道这么一件事,有一个政府大官,而且是省司法厅的官员,在无人售货店里偷了一瓶酒。这条新闻登在报上,还用了大号标题!我对这条新闻印象深刻。不过,无论如何有一件事是肯定的,那就是所有的事情都与我无关!

照我看来:谁不带钱到学校里来,谁不戴珍贵的项链,谁不乱放牛奶钱,谁不逢人夸耀自己的存折,谁不把硬币装在衣袋里,谁就不会遇上这种倒霉事!

有些同学什么事也不会有,我本人就是其中之一。我没有钱,没有项链,更不必说银行存折了。我从来就不存什么钱。当然,那是另有原因的。我的口袋里没什么东西,无非两三张学生优待电车票的票根。如果有人眼红这些,那就请便,我绝不反对。

第二天,十一月十二日,思想家用红圆珠笔写了一篇日记。他平常只用红圆珠笔记录自己最重要的思考。(我们这里摘录的日记

很可能不是很准确,因为思想家这一天一反常态,字迹歪歪斜斜的,并不像往日那样工整,而且满纸涂鸦,不易辨认,可见思想家写的时候又气愤又激动。)

十一月十二日

真够我受的!总务主任在打扫更衣室时,发现了秀吉那个白痴的存折,不过已经被撕碎了,还弄得地上满是碎片。校长把它拿到办公室,还把我们十一个前往秀吉家做客的同学统统叫去了。

被叫到校长办公室的有:黑桃爱司、哈纳克、先生、克朗、托马斯、艾贡、玛苔尔、李丽贝特、罗季尔特、克诺帕孚和我。

校长说,现在事实证明,存折是你们当中一个人偷的。哈纳克马上提出抗议,那天出席生日聚会的还有八个孩子,其中四个也在我们学校上学,只不过是在别的班级。他们也有可能偷了存折,然后扔在更衣室里。李丽贝特还向校长做了一番解释。除了我们十一个人,我们班还有三个人也去了秀吉家,只是去得晚了一些。

当然,这三个同学谁也没请他们去,他们说是去找秀吉抄数学例题的,因为他们原来抄例题的笔记被弄丢了。后来他们三个自然也留了下来。他们三人是费尔吉、勃克和汉荠。(他们经常这样,越是不邀请他们去的地方,他们越是想去。)

校长说,这件事令他很烦恼,还说自己没本事调查分析,警察局又不肯受理,因为存折已经找到了,也没带来什么经济损失。警察局说,他们根本没工夫来调查这等小事。

接着校长说希望我们班上不再发生失窃事件,还警告说,要是今后再有人偷东西,那么会给我们班上所有人都带来不堪设想的后果!

我们离开的时候,他用锐利的目光把我们一个个打量了一番,仿佛要把我们当作不折不扣的罪犯,牢牢记在脑子里。呸,真是活见鬼!我宁愿从现在起生三个月的病,不踏进学校一步。我今天也确实觉得非常不舒服。到现在为止我还弄不懂,为什么我这样难受,为什么这类事对我影响这么大?自从校长把我叫去之后,我一直很苦恼。看来我的神经太脆弱了。真遗憾呀!

思想家并没有真的生病三个月。他的肠道感染了细菌,那是被

他妈妈传染的,不过他的病还是与他心情不佳有关。可以断言,在心绪良好的情况下,这种肠道感染还是扛得住的,不卧床休息也行。可这次思想家倒下了,并且一连躺了五天。

他躺在床上,一会儿看滑稽连环画,一会儿看论述原子裂变的书,一会儿看日记。这五天时间里,他在笔记本上写了满满十六页,可都跟班上失窃的事无关。就连黑桃爱司和先生课后去探望他,谈起失窃事件,他也总是会打断他们。

"换张唱片。"他对他们说,"现在去考虑失窃问题没有任何意义。任何假设都可能是错误的。"

十一月十九日,思想家病后头一次到学校去上课。那一天,他重新写了关于失窃事件的日记,这一回他用蓝色墨水写的,字迹很工整。

十一月十九日

可怕的失窃事件好像不再发生了。我生病在家的这些日子里,班上什么东西也没丢失过。我现在可以肯定地说,在那些一向跟我过不去和敌视我的人眼里,我思想家已经成了贼了!这听起来完全可信和合乎逻辑。

一切都明了了！那个跟李丽贝特坐同一张课桌的人，偷李丽贝特的钱包还不容易?!牛奶钱不见的那一天，在大课间，思想家到玛苢尔课桌上去拿铅笔刀，玛苢尔恰好不在座位上。他在拿铅笔刀的时候顺手将钱从蓝盒子中取走，不也是轻而易举的吗?!（谁也没有注意我从玛苢尔课桌上拿铅笔刀！）伊凡丢了项链那会儿，更衣室里乱成一片，我却偏偏躲在伊凡放牛仔裤的那个角落里。（谁都没有注意，因为大家都被斗殴吸引过去了。）我只要伸手一摸，项链不就进了我的口袋？

秀吉生日那天，我恰恰也在那里。秀吉炫耀她那几本存折的时候，我又正好站在她身边。后来，我还三次张望过那个放存折的房间，因为里边有一大盘鲑鱼酱面包，那种面包味道特别好。

再加上我的钱一向很少。说实话，我平常几乎没有钱。而在别人看来，没有钱的人很容易受到钱的诱惑，将他人的钱占为己有。所以，玛苢尔才会一下子就怀疑到费尔吉，哈纳克才会小声对我说，在他看来，我们班的东西都是罗季尔特一人偷的！除了罗季尔特和费尔吉，班上就只剩一个人常常身

无分文了。

那个人就是我!

这样推论起来,大家会认为这个贼不用说就是我了。有意思的是,除我以外,还有谁也和我有同样的推断?班上会不会有跟我不对付的人,希望大家都这么推断?愚蠢!就算跟我不对付,也不必希望所有人都把我当成贼呀!就算我推论到自己是贼,我也不能因此就泄气。

第五章

藏在课桌里的手表

数学老师由口头批评转为亲自搜查，搜查的结果出人意料。三年级五班的大多数同学顿时被推入疑云迷雾中，少数人则陷入了极度迷茫和深深激愤之中。

一个星期以来，更确切地说，是十二月一日以前，三年级五班一直保持着友好、融洽的气氛，仿佛不曾发生任何不愉快的事。谁知十二月一日大课间，上课铃还没响之前的工夫，汉荞就突然大叫起来：

"呵，会有这种事？不，我不信！"

汉荞是个近视很严重的女同学。这会儿只见她两手着地趴在地上，两眼一个劲儿往地板上凑。原来汉荞是在找东西。同学们自然都想打听打听汉荞这个近视眼究竟是在寻找什么东西。后来，直到上课铃响，大家才从她的泪眼和喃喃自语中弄明白究竟是怎

一回事。

"我那只心爱的金表哪里去了?那是一只崭新的表——还有一根纯金表带呢!放到哪里去了?"汉荠突然双拳砰砰捶击地板,失声大叫道,"谁偷的?!我非要把他揪出来不可!我发誓,一定要抓住他!谁偷我的金表,我要狠狠揍他一顿!"

汉荠继续嚷嚷一些威胁性的话,只是大家听不清她在嚷嚷什么,因为她的啜泣声把话音都吞没了,传到同学们耳朵里只剩下一些不连贯的音节。

"又来啦?!真见鬼!"思想家咕哝着,也跟同学们一起弯下腰在地板上寻找汉荠的金表。他跟同学们的想法一样:没什么好找的,金表,还连着一根纯金表带,那是一眼就能看到的,它如果不是掉到了桌子下面,就准是被偷了!

三十个人,你碰我,我撞你,同时趴在地板上乱摸一气,教室里自然一片嘈杂:椅子倾倒,课桌上的书呀,练习本呀,钢笔呀,稀里哗啦全落在了地板上。结果,哈纳克一脚踩在玛苔尔的手背上,趴在地板上的玛苔尔立即尖叫起来;长臂的黑桃爱司用胳膊肘碰落了克朗的眼镜,克朗马上大声号叫起来:"喂,我的眼镜到哪里去了?没有眼镜我可是什么也瞧不见呀!同学们,请帮我找找!小心点,千万别踩着!眼镜就在我脚边。"

"先找我的手表,找表最紧要!"汉荠呜咽着说,"帮我找表,大家一起找! 你别拿什么破眼镜来瞎搅和!"

在这一片喧闹声中,突然传来了数学老师气愤的声音:

"出什么事了?这是教室还是牲口棚?你们怎么啦?全都疯了?"

数学老师为了加重说话的分量,抓起木质大圆规,在讲桌上连拍了三下,拍得上面的东西都跳了起来。

思想家这时正在暖气片下摸索——说不定手表会在那下面。但那下面当然也没有。他站起身来,只见数学老师已在拍打讲桌。思想家嘟嘟囔囔的,也不知在跟谁说话:"瞧,没人给他开门,他照样能进教室!"

"各回各位!"数学老师怒气冲天地嚷道,"谁不马上坐好,我给他星期天加题! 加二十四道!"

数学老师是一个大家都敬畏的老师。在正常情况下,三年级五班的学生没有一个敢不听他的。可是,今天情况不同寻常。可以说,情况非常特殊。甚至一向给数学老师开门并在他面前毕恭毕敬的费尔吉,那个被全班一致认为在拍数学老师马屁的费尔吉,今天也没有坐在自己的座位上。他不仅没有坐好,而且把纸篓一下子倒了过来,让橙子皮、铅笔屑和纸团撒了一地,他想在纸篓里找找汉荠的金表。这时,全班同学对数学老师这样令人生畏的人物,做出的

唯一退让就是总算没有把他的话当作耳旁风,他们异口同声地说:"汉荞的手表不见了!我们正找呢。"

数学老师很严厉,不过脑子很灵活。他很清楚,吼叫什么时候管用,什么时候不管用,譬如此刻,他的吼叫声,学生是听不进去的。他时常吹嘘,说自己拥有威严的嗓音,学生没有一个敢不听他的话。正因为珍爱这种名声,不想失去这种名声,所以此刻他不再叫嚷了,以免今后有人找碴儿,说他已经不受尊敬了,说他管不了学生了!数学老师克制了一下,很快就用平常的口吻说起话来。他一边在那些弓腰屈背找东西的同学中走来走去,一边详细了解了失窃案发生的经过。他打听到,汉荞早上还戴着新表,上一堂课的时候,因为表带太紧,戴着难受,她才摘了下来。

"戴得我血脉都不通畅了。"汉荞泣不成声,断断续续地说,"手指都没了血色,还发颤咧。"

汉荞把手表放在了课桌上搁钢笔用的凹槽里。下课休息时,玛苔尔、托马斯、费尔吉和秀吉都曾见过。

"我百分之百地确信。"汉荞啜泣不止。

"那么表究竟是什么时候不见的?"数学老师问。

"我到纸篓那边去扔橙子皮,转身回来就不见了!"

汉荞不停地啜泣,嗓子也沙哑了。她急得连连打嗝儿,眼睛又红又肿。

"汉荠扔橙子皮时，谁离开过座位？"数学老师问。

大家都说休息时人人都不在自己的座位上，自然谁也说不出当时谁在什么地方。

"老师，请允许我们再找找吧！"汉荠低声哀求道，"要是没戴着表回家……不知道会发生什么事呢！我都不敢回家了……"

"我的朋友们！"数学老师两手交叉在胸前，"咱们换个方式来找。既然十分钟以前还在，这十分钟里又没人离开过教室……你们说，谁离开过教室？"

大家停止寻找，看着老师摇了摇头，都表示自己没出过教室。

"这就好了，"数学老师继续说，"这就好了！既然没人出过教室，手表应该还在教室里。"

"就因为这样，我们才要找嘛。"思想家说着，把眼镜扔给克朗——那是他从暖气片下面摸出来的。

数学老师摇摇头说："打我教数学以来，就你们班连连发生失窃事件。别那么天真，以为金表会掉进地板缝里！"全班同学乱哄哄地表示同意数学老师的话。

"因此，"数学老师继续说，"现在大家各回各位，我们逐个搜查。"

"'逐个搜查'是什么意思？"黑桃爱司边问边拍打着裤腿上的灰尘。

"就是人身搜查，这种情况照例要搜身的，你这头笨骆驼。"托马斯说。

费尔吉举手说，纸篓不用搜查了，他已搜查过纸篓，里边确实没有金表。

"首先你们各回各位。"数学老师下令道，于是同学们各自回到自己的座位坐下。

"现在你们把衣袋里装的东西全都掏出来！"

思想家从衬衣的上口袋里掏出几块橡皮擦和两张都已经揉得皱巴巴的公共汽车优待票，他小声对李丽贝特说："他有权对我们进行人身搜查吗？难道真能查出来吗？"

李丽贝特耸了耸肩，低声答道："管他呢！说不定他能查出窃贼来。就算查不出来，在搜查中度过这堂课也不错。"

"所有的同学都要把自己的口袋翻出来！"数学老师又一次下令道。

思想家站起来，想把牛仔裤的口袋翻个里朝外。他这条裤子紧绷绷的，已经穿了一年了，这一年里他又胖了许多。如今他要拉上拉链起码得花上十分钟时间。肚皮和裤子之间连张薄纸也塞不进去,裤子口袋紧得连小手指也插不进去,更不要说插进一只手去了。李丽贝特眼看着思想家白费力气硬要把手插进去,不由得笑出声来。她以为思想家穿这种牛仔裤,是为了赶时髦,让自己显得苗条一些。实际上,他穿的裤子已经小两码了,看来他妈妈没钱给他买新裤子。(这里用"看来"二字,是因为这种解释未必准确。不管怎么说,她看来还是有钱的,她买了会客室的新墙布,还买了新地毯。)

"别受罪了,"李丽贝特小声说着,用指头戳戳他圆鼓鼓的肚子,"谁都能一眼看出,你那口袋里别说装一只手表,就连手表里的一个小齿轮也装不下呀。"

"安静!不许交谈!"数学老师大声说道。由于思想家和李丽贝特一直在嘀嘀咕咕,又由于他们坐在靠窗第一排,老师径直走到思想家跟前,说道:"就从你开始。"

思想家用手指指各种形状的橡皮擦,指指电车学生优待票,然后指指牛仔裤的口袋。天哪,这些口袋没有一只翻得过来,他用一个很有说服力的动作表示他愿意脱下裤子,然后把口袋翻过来。不过在这点上,数学老师的看法显然和李丽贝特相同。

"别脱了!"他慌忙地大声说道,"手表还有一根金表带,口袋绷得这么紧,就是一张塑料薄膜也塞不进去。"

接着,思想家转身背朝老师。老师低头一看,只见思想家臀部的两个口袋处只剩下两个深蓝色的方块印子,在褪色的牛仔布上十分醒目。原来那两个后口袋不久前被思想家的妈妈扯下来,做成了膝盖上的补丁。接着,思想家按老师的命令把书包里的东西全都倒了出来,摊在桌面上。除了几本练习本,还有两本小册子。(当然不是教科书,而是两本侦探小说。对此,老师左眉挑起,格外留意。)思想家的书包里什么东西也没有了。数学老师往书箱里瞅了瞅,里头也什么都没有。

"坐吧,谢谢。"说着他转向李丽贝特。

李丽贝特穿一件红绒线衣、一条带褶的红裙,上下身衣服都没有口袋。数学老师很满意。不过她的书包却塞得满满的。李丽贝特从里头取出一沓练习本,几本教科书,一把编织用的小钩针,一团粉红色的毛线,一只跟老鼠一样大的绒毛狗,一把洗头用的刷子,一张《唐老鸭》的电影票,几只饰有塑料花的发夹,一块小透镜,七个啤酒瓶盖。

"就这些。"李丽贝特说。

"抖抖书包!"数学老师下令说。

不知道为什么,李丽贝特犹豫着。

"你要我等到何年何月?"老师严厉地盯着李丽贝特问道。

李丽贝特这才猛地抓起书包,倒过来抖了抖。哗啦一下,三颗弹子掉了出来,落到地板上,远远地滚开了;一个乒乓球从桌上跳到地板上,在教室里乱蹦;几条插满铅笔刀的带子飞向四方;笔记本的碎纸屑在空中盘旋。

"都是些什么呀!简直像个垃圾箱!"数学老师气鼓鼓地说,"你这个小姑娘,真邋遢!"说完他去看书箱,谁知看了一眼就嫌恶地跳开了:"这样糟蹋面包太不应该了。怎么这么臭?!赶紧把这些都扔出去,听见了吗?赶紧!"

李丽贝特脸红得像煮过的虾,她从书箱里取出一块又一块夹干酪的面包,面包早已变硬了。这时费尔吉小声说:"现在才明白,为什么窗边总有一股怪味儿!"

书箱里有八块干面包,面包上布满了绿色霉点,发硬的干酪里渗出一滴滴油来,另外还有四个咬过几口的烂苹果。没有发现金表,所以李丽贝特被允许坐下。数学老师又走到黑桃爱司的课桌旁边。

搜查黑桃爱司的书箱没花多少时间。因为黑桃爱司的书箱里只有一些上学的必需品。他用一只绿色的旧布袋当书包,从里头只倒出来一双运动鞋和几样体育用品。书箱里有一支圆珠笔、一本数学练习本和一本课堂笔记本。但是对黑桃爱司搜身可就麻烦了。他

穿了一件崭新的高级连体裤,上面装有各式各样的拉链,让人眼花缭乱。前胸、两侧、臀部、袖口,甚至裤腿的膝盖上下,全都是金闪闪的拉链。他这件连体裤上的拉链一共有十四条之多,还不算裤前裆上的那一条。这十四条拉链后面各有一个口袋。

黑桃爱司认真地把一条条拉链拉开,并在数学老师的监视下,把口袋依次翻了出来。黑桃爱司翻到膝盖下最后一个口袋时,桌子上已经有了这样一些东西:两根抽了半截的香烟、一颗梧桐籽、十二枚硬币、一堆各种型号的回形针、几块颜色不同的橡皮、半把指甲刀、两片没有包装的抗菌药、四盒扁平硬纸盒火柴和八个装大头针的小盒子。(黑桃爱司用这些小盒子装收集了好几年的大头针。这些大头针颜色各异;有的头很小,有的头很大;有的形状特别,比如呈水滴状;有的针尖特短,有的针尖特长。他视为宝物的是一枚很长的大头针,针头呈椭圆形,棕色底上散布着粉红色的小斑点。)

数学老师饶有兴趣地将八盒大头针玩赏了一番,很明显,他也有收集东西的癖好。他说了一句他自己在收集锡兵,就把小盒子还给了黑桃爱司。黑桃爱司又把自己的宝贝都塞回了口袋,并且一一拉上了拉链。

下一个搜的是先生。他站起来,把上衣脱下,衣领朝下抖了抖。

除了一块白手绢,什么也没掉下来。然后,他把那条熨得笔挺的浅色裤的口袋翻了过来,活像兔子耳朵竖在两边。

"老师,我没有后口袋。如今后口袋已经不时兴了。"

"书包!"数学老师喘了口气说。

这搜查渐渐使数学老师烦躁起来。先生拿出了他的浅色小牛皮书包,他比黑桃爱司更讨厌携带当天用不上的东西。他的书包里什么也没有,就半块橡皮和一块果仁巧克力。

"现在查课桌!"数学老师往书箱里张望,待要走开时,突然大声说道,"等等!"

他把手伸进书箱,摸出一盒香烟大小的东西。这个东西用一块白方格的褐色布包着,外面还用橡皮筋捆扎得紧紧的。这块布看上去像是一方手绢。数学老师摸摸这包东西,捏了捏,眼睛立即亮了起来。

"这不是我的东西,"先生目不转睛地看着那个布包说,"我不知道这是什么,我从来没有见过这个小包。"

数学老师解去橡皮筋,打开手绢。手绢里正是汉荠的金表。教室里鸦雀无声。(不错,这种鸦雀无声被汉荠的抽泣声打破过两次,只是所有人都顾不上注意这一点。)

先生无奈地看着方格手绢上的手表。他那纤长浓密的睫毛颤

动起来,双手也在发抖,牛奶咖啡色的皮肤变得像橄榄一样发青。

"米哈艾尔,这可怎么说?"数学老师问。先生的目光依然停留在表上,默不作声。

"喂,米哈艾尔,请你解释清楚!"数学老师一再追问道。

先生依旧沉默。

教室里腾起一片嗡嗡声,大家都在小声议论着。好多人在向汉荠讲述着什么,因为她近视得厉害,所以数学老师从先生书箱里找出手表的情形她压根儿没看见。

"在先生那里?真想不到!这个卑鄙的家伙,这个坏蛋!这就对了,课间休息那会儿他是到我课桌边来过!"汉荠大声叫嚷着。

"安静!请大家保持安静!"数学老师用命令的口吻制止了汉荠的叫嚷和大家的窃窃私语。"穿好上衣!"他吩咐先生,"我们这就去见校长。哈纳克在教室里负责维持秩序。"

先生穿好上衣,弯腰捡起落在地板上的白手绢,插在了胸前的口袋里。

"米哈艾尔,拖延战术无济于事,这点我可以明确地告诉你。"数学老师一把抓住先生的衣袖,"走!走呀!快点!"

一时间,大家以为先生会夺门而出,逃之夭夭,谁知他却顺从地跟在老师后面,不慌不忙地走出了教室。而且说也怪,他竟然昂着头,像在看天花板。

谁也没有看出他昂首走路只是为了不让眼泪流下来,大家还以为他在傲视一切。

第六章

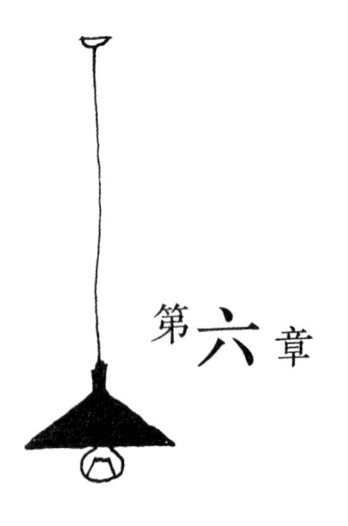

心烦意乱

思想家又用红圆珠笔写日记了,而且字迹比十一月十二日的日记更潦草,更难以辨认。

十二月一日

我给先生打了不止十次电话,都没人接。他很可能在家,只是不接电话。不过,我认为他也可能跑到他妈妈的小店去了。他妈妈开了一家编织用品商店。他准是垂头丧气地坐在一团团毛线中间。

当然,也不排除这样一种可能:先生还没对他妈妈说过今天班里发生的事。要是我遇到这种事,我决不会告诉妈妈,因为她一听说这种事一定会一把眼泪一把鼻涕,一会儿数落我,一会儿怨自己命苦,而且十有八九会对我说:"达尼尔,看

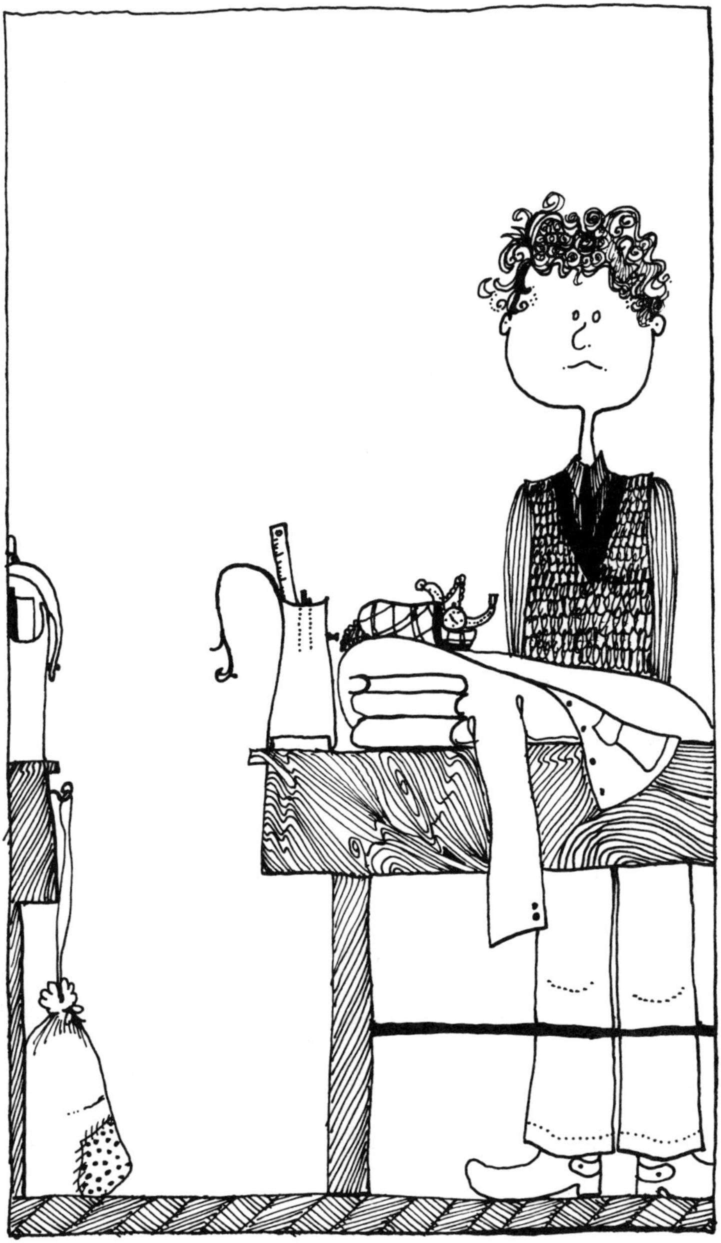

着我的眼睛,你真干过这种事吗?"这一年来,我发现妈妈有点儿不大信任我了。

先生的妈妈跟我妈妈完全不同。她的眼睛像秀吉家那只暹罗猫的眼睛。总之他妈妈很漂亮,脸上总是带着暖暖的笑意。要是我妈妈也能这样,我准会到她跟前,把事情一五一十全都告诉她,她也一定会安慰我的。

是的,先生在他妈妈的那家小店里的可能性最大。我可以打电话到店里去,不过我不知道电话号码。就连电话簿里也找不到。那家小店似乎是用先生外祖母的名字命名的,而他外祖母的名字我又不知道。

今天我在学校里的表现很差劲。数学老师带先生出去时,我应当站起来表明我的看法:"先生不是贼!"这当然也无济于事,但是总比什么都不说要好。可是,我因为害怕,嘴巴好像被封住了一般。

不管怎么说,第二次课间休息时——这时我已经没有借口可找了。我无论如何应该跑到校长那里去表明我的看法。固然我不知道到办公室去是否能达到目的,可是先生是我的朋友呀,我有义务保护他。说真的,我实在太懦弱、太胆小了。

我对自己说,他们会把我赶出校长室,甚至不让我跨进门槛。但是自己什么行动也没有,就在这里用假想的情形自我原谅,怎么说这也是不应该的。可能他们还是会放我进办公室,可能他们也不会把我赶出办公室!就算他们赶我出来,至少先生能知道我在保护他。

黑桃爱司和李丽贝特也没有替他做什么。我们只是在等他回来上课。班上别的同学对先生的攻击令我们心痛如刀绞。对于"先生是个小偷儿"这样的看法,班上几乎没有人持怀疑态度,甚至连我一向认为是好小伙儿的哈纳克也不例外。

"你还要什么证明呢?"他说,"表是在他书箱里发现的呀!"言外之意是没有比这个更确凿的罪证了。

我亲耳听到卑鄙的毒蛇秀吉对罗兹薇塔说:"照我看,他跟黑桃爱司这个傻瓜是一帮的。"(还好,黑桃爱司没有听见。)

我一向把赛德拉克看作笨蛋,现在这家伙居然也大言不惭地说,他从一开始就怀疑先生了——因为先生老要人家相信贼不是出在我们三年级五班,而是从三年级一班或别的班

里跑来的。这个笨蛋加恶棍！除了李丽贝特、黑桃爱司和我，全班都不相信先生。当然也有安娜这个例外，因为她谁也不接近，谁也不反对，什么事都不参与。淡黄色头发的安娜没精打采地坐在课桌旁，各门功课都是勉强及格，对什么事情都无动于衷。她不会站出来为先生说话，这一点丝毫不用怀疑。不过，对我们几个人，唯有先生，她有时会打量一番，因为她怎么也想不通先生的外公竟是一个不折不扣的黑人。她那一潭死水的脑袋里对这件事硬是拐不过弯儿来。

和安娜同桌的奥托对我讲过，安娜好几次向他打听：先生的妈妈是不是真的是混血儿？奥托每次表示肯定时，她都要惊叹一声："哎哟！这对他来说真是太糟糕了！"

对安娜，你还能指望什么呢？谁也说不清先生为什么不回班里来上课。数学老师十一点刚过把他带走的，我等到将近十二点，也就是第四次课间休息时，才到校长室去打听他到底怎么样了，可他已经不在那儿了。校长秘书告诉我，她十一点才来上班，十一点前，她上诊所去看病了。她左边的智齿疼得厉害。据她说，那时校长室里只有一个卖窗帘的推销员在给校长看样品，因为化学实验室要换新窗帘。

说不定学校已经把他开除了?

不可能!不会这样草率的。再说校长不会马上把他开除的,他不是那种人!

我把先生的书包带回我家去了。我因为心里很烦,不小心把他放在书包里的巧克力糖弄碎了。

我这就去给先生打电话。要是他家里还是没人接电话,我就打电话给李丽贝特和黑桃爱司,约定三个人一起到编织用品商店去,我知道他准在那里。

我实在不喜欢到外头去,不论走路、乘车都不喜欢,我宁可在家里思考问题。可是在我弄清先生的现状之前,我的脑子根本理不出个头绪来。既然无法思考,就应该去行动。

第七章

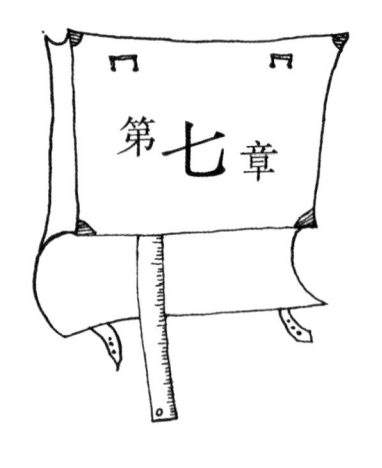

看望先生

李丽贝特为自己争得了一些自主权。思想家心中越来越清楚：要是不动脑筋，不帮助先生，那么他的处境就会十分糟糕。

想必思想家又给先生打电话了，先后不下二十次。而且他每次不数到十二下响铃声，不放下话筒。接着，他就给黑桃爱司打电话，约他四点钟在电车站碰头。然后他拿出电话簿，查到了李丽贝特家的电话号码。他给李丽贝特打电话的次数太少，所以连她家的电话号码都背不出来。

接电话的是李丽贝特的妈妈，她亲切地跟思想家客套一番，感激他对李丽贝特的帮助，经常辅导她做练习，哪天一定请他来喝可可，吃苹果酱馅儿饼。

"请原谅，施梅尔茨太太，"思想家打断她那番感激的话，"我急于跟李丽贝特通个话。"

施梅尔茨太太把李丽贝特叫到话筒跟前。

"李丽贝特,我们怎么也得为先生做些事情,"思想家说,"四点钟在电车站碰头。黑桃爱司也来。OK?"

李丽贝特犹豫了一下。

"OK!"她说,"我一定来!"说完,她挂断了电话。

"你这是要上哪儿去?"李丽贝特的妈妈问。

"四点钟前到电车站去。"李丽贝特回答道。

"去那儿干吗?"

"我们得为先生做些事情,支持他。他不该这样倒霉。"

"这事你想都别想!"李丽贝特的妈妈说话声尖得刺耳,这种声音就连李丽贝特的爸爸也受不了。

"你疯了?!竟去支持一个贼!"

刚才吃饭的时候,李丽贝特跟妈妈讲了数学课时发生的事。妈妈听得很入神,李丽贝特每说一句话她都惊叹一声:"啊,太可怕了!"

李丽贝特还以为妈妈是同情无辜遭受冤屈的先生,以为妈妈说先生平白背上贼名太可怕。现在李丽贝特明白了,她的妈妈压根儿什么也没弄懂,她说的"可怕"是指自己的女儿跟一个贼交朋友。

"原来你是这样看待先生的!"李丽贝特恼怒地说,"你知道,先

生……"

"我什么也不知道,"妈妈突然打断了她的话,"也根本不想知道。知人知面不知心。这件事难道还不能证明这一点?!一个看来很有教养、很可爱、很听话的男孩,实际上也可能是个贼!"

"他不是贼!"李丽贝特大喊起来。

"那手表为什么会在他的书箱里?"

"那是人家塞在他书箱里的。"

"为什么?"妈妈连连摇头,表示不赞成,"放在书箱里就是他想占为己有。你那种说法非常荒谬。"

李丽贝特不耐烦地叹了口气。

"你要知道,当时数学老师宣布马上要对全班同学进行搜查,偷手表的人肯定要赶快将手表转移……"

"谁拿了手表呢?"妈妈打断了李丽贝特的话。

"那我怎么知道!"李丽贝特大喊道。

"这不就得啦!"妈妈又摇起头来,"你的说法,我的孩子,不值一驳。"这时她又突然想到一件事:"我记得,你上小学时,大概三年级,你丢过一支笔。还有上幼儿园那会儿,你把几辆玩具小汽车带到幼儿园去,不也都丢了?你还记得吗?"

"记得又怎样?"李丽贝特一时弄不清妈妈为什么要提起这些。

"你不是跟先生一起上幼儿园、上小学的吗?"妈妈意味深长地看了李丽贝特一眼。

李丽贝特拿定主意不再跟她啰唆。妈妈竟这样说先生!李丽贝特明白自己无法说服妈妈。她一声不吭,脱下拖鞋,穿上了放在柜子旁的红皮靴。

"你不会是到他家去吧?"妈妈惊慌地问。

"要去,我要去!"李丽贝特提高嗓门儿说,她把兔皮短大衣披在了肩上。

"除非你踩着我过去!"

他们家的过道窄得像一根肠子,一口大五斗柜让过道显得更窄了。妈妈站起来,挡在了门口。

"我禁止你到贼的家里去!尤其不许你跟贼同乘一辆电车。难道一个根台尔还不够,现在你还要做第二个根台尔?!"

根台尔是住在相邻那幢楼里的人。三十年前,他从电车上摔下来,被后面一节车厢的轮子轧断了脚。

"再过九个星期,我就满十三岁了。"李丽贝特说,"十三岁的小姑娘,家长至今还不让她独自乘电车的,全城找不到第二个了。"

"别人的事我管不着,"李丽贝特的妈妈说,随后口气又软了下来,"你知道,我时时在为你担心。每次你一个人出去,我都觉得坐

立难安。"

是呀,这一点李丽贝特很清楚。这些话她一天要听好几遍。在此之前,她一直是把这些话放在心上的。

李丽贝特跟妈妈面对面站着。

妈妈个子不是很高,李丽贝特不用仰头就能看到她的眼睛,妈妈眼睛里含着泪水。这种眼泪汪汪的样子,李丽贝特也早习以为常。李丽贝特看着妈妈的脸,过去的一幕幕突然像放电影似的出现在眼前。这双忧惧交加、眼泪汪汪的眼睛使她错过了生活中的许多乐趣。她想跟黑桃爱司一道去滑旱冰时,妈妈会怕她摔断骨头;想到汉谢尔池去滑冰吧,妈妈又怕池里的冰太薄。妈妈出于自己的种种恐惧想象,还禁止她爬树,禁止她一个人出去散步,禁止她暑假里带上帐篷去露营,禁止她跟玛苔尔一道去电影院看电影……

李丽贝特停下脑海中飞快转换的镜头,坚决地说道:"妈妈,放我出去!"

妈妈一手撑在五斗柜上,一手撑在壁橱上,让她没法儿过去。

"你瞧,"妈妈说,"咱们马上吃点东西,然后到店里去给你买双蓝色皮鞋,你早就盼望有双蓝色皮鞋了,不是吗?"

谁知李丽贝特摇了摇头。如果她今天想做的事是关于娱乐的,她也许为了不得罪妈妈,会就此让步,用放弃自主行动去换一双时髦的皮鞋。然而现在谈的可是先生蒙受不白之冤的问题,先生正需要自己的帮助。况且如果她因为妈妈那些莫名的恐惧而不能到电车站去和思想家、黑桃爱司碰头,他们俩永远也不会谅解她的。

"要是你不放我出去,"她口气强硬地说,"我就打电话给爸爸,说你又发作了,歇斯底里地跟我大吵大闹。"

一切比李丽贝特想象的要简单得多。她用不着打电话给爸爸。妈妈没说话,撒开了手。她只是问了一句:"你什么时候回来?"

李丽贝特一边拧门把手,一边回答道:"说不准。不过,看样子不会很晚。大家都回家的时候,我也就回来了。"

李丽贝特蹦蹦跳跳地出了家门。她觉得,刚才这十来分钟里她长大了很多。她觉得自己比早上要高了不止一头。

李丽贝特飞快地向电车站跑去,思想家和黑桃爱司正等在那里。时间已经到了四点十分。

"请你们原谅,"她气喘吁吁地说,"我迟到了一小会儿,因为……"

李丽贝特没有说下去。她觉得讲刚才家里的争执有伤妈妈的体面,再说还会耽误先生的事,眼下先生的事可比什么都紧要。

"最重要的是你终于来了。"黑桃爱司说。

后来,他还向同学讲了到先生家去的情形。他按了好一阵门

铃,按得邻居老太太都发火了。她跳出来,扯着嗓子嚷道:"米哈艾尔一家都不在!"这一点她最清楚。据说,他们家三人早上出门,到现在还没有人回来。那老太太还嚷道:"要是你这不懂事的小家伙还一个劲儿地按门铃的话,准会把米哈艾尔家的三只暹罗猫弄疯的。要知道这种猫耳朵都很灵,这么响的铃声会让它们心力衰竭的。"

"可能先生到他外婆那里去了。"李丽贝特说。

先生非常喜欢他的外婆,同学们都知道。他外婆胖得像个大皮球,而且两颊通红。这样一个老太太当然不会随便上街。思想家还在心里暗想,我要是先生,有一个巧克力色皮肤、笑口常开的妈妈,我一定会向妈妈倾吐自己的苦闷,而不是去找外婆。

"我一直在琢磨,咱们该先到店里去看看。"思想家说。

黑桃爱司和李丽贝特一向认为思想家说的总是正确的,所以当即表示同意。

看来,思想家和李丽贝特是对的。先生确实躲在他妈妈的编织用品商店里,不过先生的外婆也在那里。先生坐在里面闷闷不乐,眼神呆滞。他连跟同学打招呼都很勉强。李丽贝特、思想家和黑桃爱司忽然觉得这里不需要他们,他们是多余的人。他们不知道对先生说些什么好。问他到校长室去的情形,他们认为不太礼貌——多

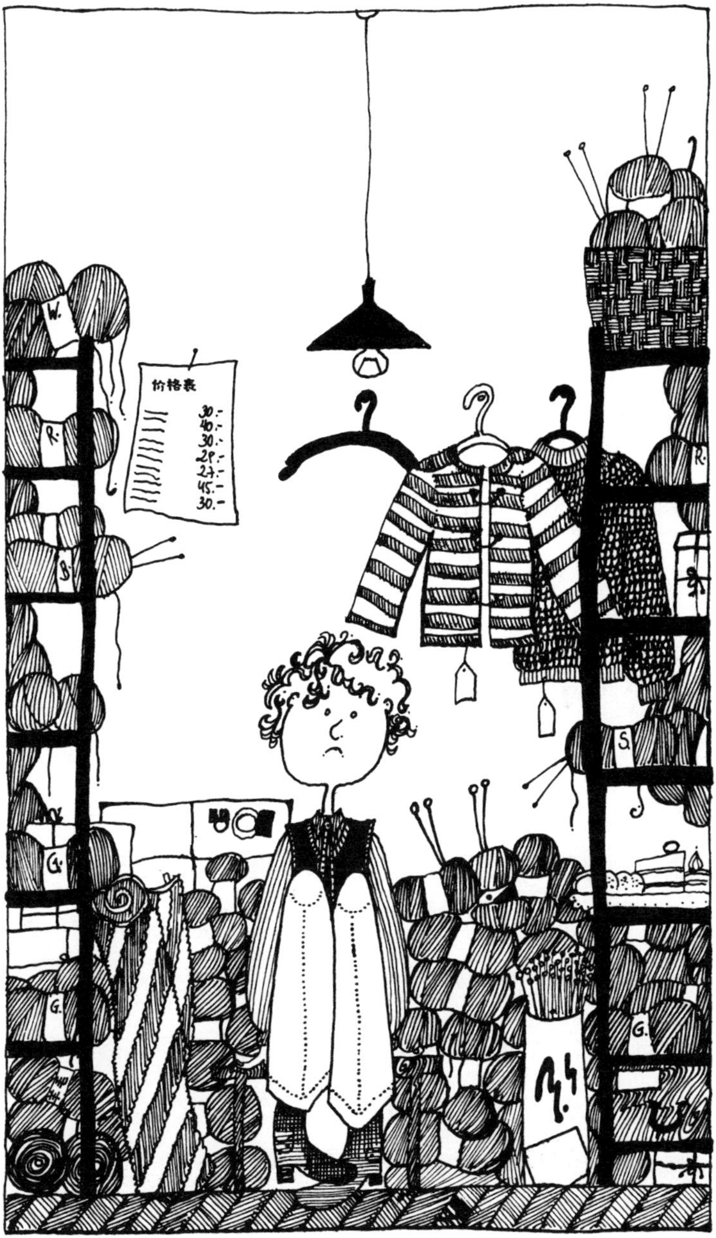
价格表
30.-
40.-
30.-
29.-
27.-
45.-
30.-

打听总是不太合适。要是告诉他,我们相信他是无辜的,那又简直太滑稽可笑了,因为这话是根本不用说的!他们不知所措地围在先生身边。

先生的外婆十分忧虑地指指外孙,对他们说:"他什么也不吃。午餐时一块面包也没碰,下午也不肯吃东西。"外婆从放毛线的架子上拿下一盘蛋糕来:"这是我特地带来给他吃的。"她伤心地看着盘子:"孩子们,你们吃吧。不吃多可惜。"

李丽贝特、思想家和黑桃爱司迟疑了一下,各拿了一块。这时候他们并不想吃甜食,不过他们想,只有这样,才能让外婆得到些安慰,这也是他们目前唯一能做的事。

他们对付着吃完蛋糕,想要舔干净手指上沾的奶油,先生的外婆递过纸巾让他们擦。这时先生突然抬起头来,问道:"同学们都怎么说?"

李丽贝特和黑桃爱司看看思想家,思想家也不急于回答。这是个很重要的问题,而且对先生来说,显然是最最重要的问题。思想家知道先生希望听到什么样的回答。他在考虑这种场合有没有必要说几句谎话。然而,还没等他想出个结果来,李丽贝特已经脱口而出:"他们怎么想,我才不管呢!"

黑桃爱司也大骂起来:"那全是些笨蛋!"

"孩子,你们怎么骂起人来啦?!"外婆惊愕地说道。

"对不起,可那是事实。"黑桃爱司还在嘟哝着。思想家对他小声说了句:"你又管不住自己了?"

"我也是这么想的。"先生说罢,依然闷闷不乐,目光无神。

商店的门铃响了,一位太太走进来,说是要买织地毯用的粗毛线。等她一走,先生的妈妈腾出身来朝里面张望道:"你们来得太好了!他认定全班同学都把他看作贼了。"

"本来就是。"先生说。

"我们可不一样。"李丽贝特激动地说。

"别的人可都这么看呢。"先生咕哝一句,用脚踢了一下堆在里屋的毛线纸箱。

那堆纸箱晃了一下,先生的妈妈及时跳到纸箱堆下把它们稳住了。即便这样的时刻,她那询问的目光也一直没从思想家的脸上移开。那目光显然是在问:"米哈艾尔说的是真的吗?"

思想家点了点头。

"米哈艾尔太太,请您到学校里去跟校长解释解释……"

"我已经到学校去过了。"先生的妈妈打断他的话说,"他们打电话叫我去,早上十点我已经去过了。"

"校长怎么说?"李丽贝特问。

门铃又响了起来。

"有顾客来。"先生的妈妈低声说了一句。

原来不是顾客,而是先生的爸爸。他为了尽快来到他们身边,竟跳过柜台走了过来,嘴里还吹着口哨儿——那是影片《卡桑德拉大桥》的插曲。

店堂通到里屋的走道又窄又长,像是一条战壕,先生的爸爸得侧身才能通过。

"来了这么多人,我怎么没看见我那亲爱的'小偷儿'!"他高声说道,"他藏到哪儿去啦?"

"我不是在这儿嘛。"先生应声道,他想笑,却没笑出来,只是痛苦地做了个可怜巴巴的鬼脸。

先生的爸爸小心翼翼地从妻子、岳母、李丽贝特、黑桃爱司、思想家和毛线纸箱之间穿行到儿子跟前。

"向偷表的人致敬!"他大声说着,用手拨乱了先生那头乌黑的鬈发。

"事情够严重的了,你应该懂得这种愚蠢的玩笑开得不是时候。求你别逗了!"先生的妈妈说。

"这件事如此荒唐,只配嬉笑一番。"先生的爸爸表达了不同的看法。

"你这样满不在乎的态度,对他可没有什么帮助!"先生的妈妈火气上来了。

"在这个堆满毛线的洞穴里,我气都透不过来,"先生的爸爸说,"我在这儿憋得慌,让我们到店堂里去吧,先把门关了。要是时时有顾客来买东西,我们就谈不成话了。"

"说得对!"先生的外婆支持他的意见。

她走到店堂里去,到店门口挂起一块"暂停营业"的小牌,放下两边橱窗和店门的铁网。外婆坐在店堂里唯一的一张椅子上,先生的妈妈歪斜着坐在柜台上,而先生的爸爸、先生、黑桃爱司、思想家和李丽贝特就坐在店堂的地毯上。

"据我所知,"先生的爸爸说,"你们班的东西老是被偷,今天数学老师在我儿子那儿搜出了一个小姑娘的金表。"

"表是在先生的课桌里找到的,"李丽贝特补充说,"但那可能是别人塞进去的,我们班课间休息时经常有这种恶作剧发生……"

"我明白。后来怎么样了?"先生的爸爸问。

大家的目光都集中在先生身上。

"数学老师把我带到校长那里去,"先生说,"校长听了马上派人去叫胡福娜格尔太太,她是我们的班主任。可她不在学校里,今天她没课。这时,校长就问我为什么经常偷东西。我说,我从来就没

有偷过别人的东西。可他说否认事实对我更加不利。"

"后来呢?"先生的爸爸问。

先生无可奈何地耸了耸肩膀。

"我记不清了。他们说,要通知我的家长,还让我想一想,是不是老老实实认罪更好,嗯,还说过一些这样的话……后来我压根儿没有说什么。"先生从毛茸茸的地毯上抽出一根粗毛线来,"'表怎么会在我的书箱里,我自己也搞不清'这类的话我说了一百遍也不管用。"

"后来呢?"此刻,先生的外婆开了口。

"后来妈妈来了。"先生说。于是大家都朝先生的妈妈看,等她接着说。

先生的妈妈只低声咕哝了一句:"我看,我做得也不对。"

"做得不对,是什么意思?"外婆问。

"吃饭的时候,我已经全都跟你说了。"先生的妈妈不想说下去,"我在电话里告诉过你。"她转身对丈夫说:"干吗一句话非得重复十次八次呢?"

"电话里,你说得前言不搭后语,我根本弄不明白你在说什么。"先生的爸爸说,"你再说一遍吧,也好让孩子们听听。"

"她说话老是那样直来直去,"先生的外婆咕哝道,"就不会和气一点儿。"

先生的妈妈双手支在膝盖上,托着下巴,那双暹罗猫一样的眼睛闪出蓝色的火花。

"我那样做是因为我不能容忍学校的做法,它常使我想起我上学时的处境。这个说出来你们也不懂!"先生的妈妈用双手理了理自己的头发,"黑人的女儿,美国兵的女儿!在学校里,谁也不把我当人看,大家都歧视我,挖空心思欺侮我。"她简直气得喘不过气来。"可今天,我到学校里去,一眼看见他,"她指了指儿子,"可怜巴巴地坐在那里,校长和数学老师用轻蔑的语气跟他谈话,羞辱他,我的气就不打一处来,一下子就发作了!这种情形我这一生还是头一次碰上,我冲着他们骂,骂他们是顽固不化的'白痴'!"

"呵,天哪,天哪!"先生的爸爸叹息道。

先生的妈妈接着说:"我一把拉住儿子的手,就带他离开了那个鬼地方。这一点我脑子还清楚:孩子正在受折磨,又无法保护自己……"

"妈妈拉着我离开时,还骂了他们'一帮蠢货'!"先生补充道。他显然好多了,甚至还露出了笑容。

"你真的这样骂了?"先生的外婆问。她一走神儿,把织针戳进了盘得高高的发髻里:"要是你真的这么骂了,你应该向他们道歉

才是。"

"说这话还为时过早。"先生的爸爸说,"还有比这更要紧的事。我打电话给我们的律师,他把我的话转告了警察局里的一个人……那人说,学校里的搜查没有任何意义,因为第一,这不足为证;第二,从失窃到搜查,过了不少时间。懂吧,我的儿子并不等于课桌。如果表是从他口袋里搜出来的,那又另当别论,可表是从书箱里搜出来的!事实上他们没抓到他的任何罪证,当然也就无从着手处理。"

看来,先生的爸爸以为问题谈到这里就没什么可谈的了,因为他接着问:"可以开店了吧?"

先生的妈妈摇了摇头。

"没有起诉的证据,也没有辩白的证据,他们还是会把他当成贼的。"

"我不再上学了。"先生低声说。

父亲抓住他的双肩,亲昵地摇了摇。

"你这话太愚蠢了。"他说,"该怎么做,你得好好想想。就让那些木头脑袋去认定他们相信的事吧,你只管站在高处,蔑视那些人,不跟他们一般见识!"

"胡福娜格尔太太就从来没有把你看作贼嘛!"李丽贝特激动

地说。

"体育老师也不会,他可喜欢你呢。"黑桃爱司讲。

"你门门功课都好,他们又不可能以成绩不好的借口开除你。"思想家说。

"可同学们都把我看成是贼!"先生吼起来,声音都变了,他十个手指头抓着地毯上的绒线头,"这个我受不了!"

"也许,你想转到别的学校去吧?"先生的爸爸问。

"什么学校我都不去!"先生还在声嘶力竭地吼叫着,他猛地揪起地毯来,弄得一团团毛絮在空中打转。

"你瞧,"先生的爸爸说,"要么留在原来的学校,要么转学。不读书可不行。"他环视了一下在场的人,像是在期待他们的支持。

大家都不作声。先生呜咽起来。思想家睁大双眼,把一个手指头塞在嘴里。他想到:人人都奉行着各自的生活准则,我的一个准则是不研究小偷儿盗窃这类丑恶的事,但是为了朋友,我可以牺牲自己的准则。

"我一定要找出真正的贼来,把这件事弄个水落石出。"思想家坚定地说。

"你觉得自己能做到这一点吗?"先生的妈妈向他投去期待的目光,那目光中仿佛迸发着蓝色的火花,只是她的语气中还掺杂着

一丝疑虑。

"请您相信我,这不是一件我乐意干的事。"思想家回答说,"不过,我相信自己能成功破解这个难题。"

第八章

快要水落石出了

据说借助分析研究可以区分良莠，思想家在日记中把所有怀疑对象都列了出来，一一加以分析，逐渐把怀疑对象缩到了最小范围。

十二月一日(23时)

妈妈已经第四次来敲我的门，让我熄灯睡觉。

我在想，既然已经牺牲自己一条重要的生活准则，那么我就该在当侦探之前，先把其他原则上重要的事情写下来，然后着手进行令人厌恶的侦探工作。

1. 我喜欢先生。

2. 我并没有任何揭露小偷儿的证据。我也不明白他为什么要偷窃。在我还没把事情弄个水落石出之前，我不会指控任何人。

3. 我认为决不能偷别人的东西，偷窃是一种愚蠢的行为。但我也同样认为，还有比偷窃更恶劣的行为。比如，我没有做什么对不起别人的事，要是有人毫不客气地打我几下，这在我看来，比谁偷了我什么东西更让我难受。因为我的身体比我的东西珍贵得多。

4. 要想办法查找小偷儿，那只是，也仅仅是因为我要帮助先生摆脱困境，别无其他原因。先生要不是我的朋友，我这会儿就去看书了，小偷儿和被偷的人就像去年的积雪一样，不会引起我的注意。

十二月二日

先生今天没有来上课。他妈妈在电话里告诉我，他坚决不肯到学校去。他不想见人，甚至不想见到我们。然后她还补充说，可能明天他的心情会稍微好些。

先生的爸爸到学校里来找校长。我在课间休息时见过他。跟他一起来的是一个中年男子。那是他们家的律师——这也是先生的妈妈在电话里告诉我的。先生的妈妈说他去是为了提醒校长对这件事应该有正确论断，但在办公室里他们发生了什么争论,她还不知道。他爸爸给她打过电话,那是中午打的。可他在电话里把所有问题都用笑话来敷衍。照我看,他是故意这样做的。我确信他就是故意的,为的是不让先生和他妈妈对待这件事过分认真。因为他来学校找校长的时候,根本不是平常那种无忧无虑的神色,而是怒气冲冲,板着脸。

班上的气氛几乎没有什么变化。先生不来上学,他们甚至认为那是他做贼心虚,证明手表确实是他偷的。整个早上,我都在希望能有谁的东西被偷,这是排除先生嫌疑最简单的办法。可是,天哪,今天谁也没有丢东西。

李丽贝特想在私下悄悄劝说同学。她认为自己能够让绝大多数女同学相信先生是无辜的。因为我们班的女同学平日对先生都有好感。今天在几次课间休息中,她一直在试图说服芭勃西和卡婕琳娜,向她们证明先生不是那种人。她说呀说呀,嗓子都说哑了。她满心希望自己能获得成功。我当然也希望她能成功,可是我相信这样做不会有什么结果的。我已经把这些不动脑筋的家伙看透了!

至于黑桃爱司,他是强硬手段的信奉者。他满教室转悠,

嘴里嚷嚷着，扬言要揍那些说先生坏话的人。可是这种强硬手段只能激起大家对先生的憎恨。因为人人都知道，黑桃爱司的力气比谁都大，所以大家都不敢跟他发生正面冲突。

我也着手干我的事。我也对这些人忍无可忍，但我只能不动声色地暗中做我该做的事。我还得干得快些，因为这种事实在太让人气愤了。而且我们也不得不抓紧一点儿，因为先生在恢复名誉以前不肯上学。我担心，校长会以故意旷课的借口开除他。他是有这种权力的。

我们的难题可以通过很多途径解决，可以从各方面着手研究。既然对我来说坐下来比乱跑强，那我就尽可能努力在纸上解答这个问题。

李丽贝特、黑桃爱司和我三个人，考虑问题有个共同的出发点：几起盗窃案都是同一个人干的。这当然不一定是事实，但八九不离十吧。如果我们要对付六个小偷儿，那么说真的，还是不要白费脑筋的好，因为那是根本没有希望的。不！我要找的是一个贼，而且是我们班上的贼，这一点是确定无疑的。

现在，我写下怀疑对象的名单（我从点名册上抄来的）：

1. 我喜欢先生。

2. 我并没有任何揭露小偷儿的证据。我也不明白他为什么要偷窃。在我还没把事情弄个水落石出之前,我不会指控任何人。

3.

4.

小思想家在行动

阿·达尼尔（思想家）

达·费尔吉

比·芭勃西

亨·勃克

达·施奈台尔

朵·汉荠

艾·奥特尔（黑桃爱司）

弗·罗兹薇塔

哈·丽盖娜

伏·克朗

米·哈纳克

库·托马斯

库·杜娜莉

克·安德烈

克·罗季尔特

克·秀吉

列·赛德拉克

玛·玛苔尔

莫·特利克西

普·伊凡

勒·卡婕琳娜

什·李丽贝特

什·奥利维尔

什·克诺帕孚

什·艾贡

什·达莉玛尔

赛·罗伯特

塔·米哈艾尔(先生)

特·安娜

维·奥托

就这些,这是三年级五班的所有人。现在我采用"十二个小黑人到海里去游泳"的办法,来着手分析。首先,李丽贝特的钱包被偷那天,班上好多人染上了流行性感冒。我拿点名册核对了一下(那是我早上在学校里查看的),那天缺席的是芭勃西、勃克、丽盖娜、哈纳克、安德烈、施奈台尔、特利克西、

小思想家在行动

艾贡、达莉玛尔和奥托。

那么,这十个缺席的应当首先从怀疑对象的名单上划掉。这是连傻瓜都懂的。

刚才李丽贝特到我家来过。她今天的脸色有些苍白。看上去她跟她妈妈正在冷战,所以从家里出来变得方便多了。但是我觉得她不想提这件事,所以我什么都没问她。

李丽贝特认为,除了十个患感冒的,我还应当把她除去,因为她不可能自己偷自己的钱包,然后再上演一出找钱包的戏码。

OK! 她说得对。

于是,我从名单上划掉了十一个人,这样还剩下十九个:

阿·达尼尔(思想家)

达·费尔吉

朵·汉荠

艾·奥特尔(黑桃爱司)

弗·罗兹薇塔

伏·克朗

库·托马斯

库·杜娜莉

克·罗季尔特

克·秀吉

列·赛德拉克

玛·玛苔尔

普·伊凡

勒·卡婕琳娜

什·奥利维尔

什·克诺帕孚

赛·罗伯特

塔·米哈艾尔(先生)

特·安娜

班上牛奶钱和罗兹薇塔的五十先令失窃的日子,分别有一个人没到校(按点名册):特·安娜和库·杜娜莉。

就是说,安娜和杜娜莉不应当是怀疑对象了。玛苔尔和罗兹薇塔也不应当被怀疑。因为谁也无法想象她们会偷自己

的钱。所以我也把她们两人排除了。

侦探工作继续进行下去。

伊凡丢金项链那天,只有安娜和赛德拉克在教室里没去上体育课。因为失窃事件发生在体育馆内,而且在男生更衣室,这样就很容易断定,小偷儿只可能是男生。女生是跨不进男生更衣室的,那儿禁止她们进入。

因此,我可以把赛德拉克和我们班的所有女生都从怀疑对象的名单上除去。还可以把伊凡除掉,因为他也不会自己偷自己的项链。第一,自己偷自己项链的人只可能是神经有毛病的人,而伊凡的头脑很正常;第二,出事那会儿,课间休息时,我无意中注意过伊凡的牛仔裤。

这就是说,伊凡的项链只可能是在上体育课的时候被掏走的,而伊凡整堂课都受罚坐在远处的一个角落里,没有离开过一步。

李丽贝特让我回忆上体育课时有谁去过更衣室,可我偏偏回忆不起来。我在全部课程中,体育最差,为了避免受罚,少吃苦头,我上体育课总是很卖力,顾不上去注意别的。

刚才黑桃爱司也闯进来跟我们一起分析案情。他一来就在我身旁坐下，却也回忆不起谁在那时走出过体育馆。那天所有人都没完没了地奔来奔去。有一个球打在奥利维尔的鼻子上，他顿时鼻孔流血，于是同学们都跑去给他递手绢。后来，体育老师说，手绢要弄湿以后才能起到止血的作用，于是同学们又慌忙到更衣室去把手绢弄湿。是的，黑桃爱司好像还模模糊糊地记得有一个人跑出去过，不过模糊的记忆不能作为依据。我们应当始终以无可争议的事实作为依据。这样，我们重新排了一下嫌疑人名单。这次名单里已经没有女生了，也没有赛德拉克（那天他没有来上体育课），也没有伊凡（他是被偷的）。

于是，名单上还剩下这几个：

阿·达尼尔（思想家）

达·费尔吉

艾·奥特尔（黑桃爱司）

伏·克朗

库·托马斯

克·罗季尔特

小思想家在行动

什·奥利维尔

什·克诺帕孚

赛·罗伯特

塔·米哈艾尔（先生）

真不错,真不错!包围小偷儿的圈子缩小了。现在小偷儿是这十人中的一个了。

黑桃爱司刚才说,现在要对我不客气了,因为我还没有把他从嫌疑人中排除。李丽贝特也说,要是我们的任务是证明先生不是贼的话,那么还把先生留在名单中就不合逻辑了。OK,OK!如此推论起来,我也就把自己的名字划掉了,因为我百分之百相信自己不是贼。什·克诺帕孚也应该划掉,因为最后一次发生失窃事件即金表被偷那天,他不在学校,他参加父亲的婚礼去了。

这么一来,怀疑对象中只剩下:

达·费尔吉

伏·克朗

库·托马斯

克·罗季尔特

什·奥利维尔

赛·罗伯特

现在我们再回想一下秀吉生日那天,看看现在这个名单里有谁来秀吉家做过客,因为秀吉的存折是在家里不见的。

秀吉生日去她家做过客的同学有(当然只算男生):

亨·勃克

达·费尔吉

伏·克朗

米·哈纳克

库·托马斯

克·罗季尔特

什·艾贡

对比两个名单,达·费尔吉在怀疑之列!

伏·克朗也是。

什·奥利维尔不在场。

克·罗季尔特在场。

这么一来,嫌疑人只剩四个了:达·费尔吉、伏·克朗、库·托马斯、克·罗季尔特!

我们三人盯着那个名单,激动得无法平静下来。

"不可思议,简直不可思议!"李丽贝特自言自语了将近二十遍。而黑桃爱司眼睛牢牢盯着托马斯的名字,目光无法移开,因为他跟托马斯最不相容!

黑桃爱司和李丽贝特走了。

李丽贝特走是因为她想让妈妈一点一点习惯她最近的自主生活。(那是她爸爸对她提出的要求——要是不那样,爸爸怕妈妈会垮的。)而黑桃爱司走是因为他必须去幼儿园接小妹妹。谁也没有硬要他做这件事,那完全是他自觉自愿的。

于是,我就一个人坐着,目光离不开四人名单,我恨不得用种种问题把四人中的一个问得张口结舌。尽管我斥责黑桃爱司老死盯在托马斯身上(这也难怪,因为托马斯是他的死对头,而且还老叫他"骆驼"),我自己却总是巴不得贼就是达·费尔吉。我这样想,是因为我觉得他滑稽可笑,是个马屁精,老巴结老师,曲意逢迎,阿谀奉承,为了讨好别人不惜使出浑身的力气。所以这种人在偷盗、满足私欲这种事情上是不可能一清二白的。

我老早就知道,只要你一做侦探,闻一闻各种散发臭味的事,你就会有一些不太人道的念头生起,甚至布下一些精心设计的圈套,好像马上失去了一半人性。可我们要知道,谁也不能用剩下一半的人性去做人。

问题全在这儿!凭良心说,我已经烦了!我得去看电视。我头都疼了。我希望电视放的不是侦探片,而是一个充满柔情暖意、最后皆大欢喜的故事。

第九章

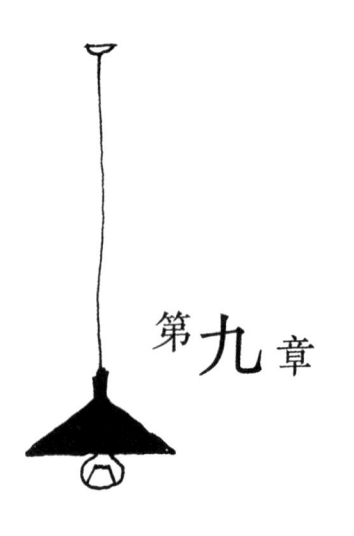

和班主任辩论

黑桃爱司和李丽贝特不顾思想家的反对,决定自行其是。班主任胡福娜格尔太太说她有她的看法,不过她的看法似乎与思想家的想法有些不同。

十二月三日是三年级五班的同学最讨厌的日子,因为那天是星期四,课程表上有数学、拉丁文、英文、德文、生物五门课。没有一堂课可以让人放松放松,换换脑子,想想心事,玩玩大海战,从练习本上撕张纸来折折鸽子。

这一天先生又没有来上课。每逢课间休息,大家谈论的尽是金表和先生。只有黑桃爱司带着威胁的神情在东一堆西一堆的同学前走过时,这种热烈讨论才停息片刻。可是他一走开,他们又重新谈起轰动全班的偷窃案,并且以各种口吻提及先生的名字。

数学老师上第一堂课,他只字不提先生的缺席和上一堂课他进行搜查的事。

"上一堂课我们耽误了不少时间,"他一进教室就说,"这堂课我们应该加倍努力。"

他拿起粉笔,开始飞快地在黑板上演算起来,写下一个又一个数字,连班上成绩最棒的同学都跟不上。这样紧张努力了十分钟后,大多数同学别说是演算,就连抄笔记也因为跟不上而停了下来。剩下的时间大家都在想方设法混过去:有的画小人儿,有的计算已过了多少时间,有的在习题本上乱涂,有的在剥指甲边缘的死皮,有的把吸墨纸捻成卷儿放进墨水瓶⋯⋯尽管这样,还是达不到休息的目的,相反,大家都神经紧张:数学老师随时都可能回过身来,当场抓住搞小动作的同学,接着就照他常说的那样,要杀鸡给猴看了。

第二节课是拉丁文课,第三节是英文课。英文教师是一位从利物浦来的年轻的英国小姐。她上课用的是所谓"机枪扫射式"教学法,也就是老师站在讲台上一个人从头讲到尾。这种方法早就落伍了,时下最流行的方式是老师站在学生们的中间,让学生多发表看法,而不是老师一个人讲到底。这不,年轻的英国小姐站在全班同学面前,竭力讲得慢些,好让三年级五班的全体同学能充分领会她纯正的英式发音,把她当作典范。英国小姐认为,教外语最好的

方法是让学生听生动的口语,因此,她越讲越带劲,全然不顾三年级五班同学词汇的贫乏。整节课她不停地用英语唠唠叨叨。结果下课后,黑桃爱司要同学们相信老师给他们讲了一个很悲惨的故事,说的是一匹没有主人的马;李丽贝特认为说的是一幢房子里出现了怪物;托马斯则赌咒发誓说她讲了一匹养在房子里的马……其实,老师讲的不过是《长袜子皮皮》中的一章。

李丽贝特因为没猜准英国小姐的谜语,懊丧地回到了自己的座位,在一张玫瑰色的纸片上用小字不知写了些什么。

"李丽贝特,你打算怎么在我们班的女同学中间开展解释工作?"思想家问。

李丽贝特摇摇头,一副很失望的样子。

"这样的工作其实一点儿意义也没有,"她伤心地说,"现在看来,你是对的!我跟这些蠢家伙说得好好的,她们做出一副完全同意我的样子,可只要有人说出相反的意见,她们又马上去同意别人的意见了!"

李丽贝特长叹了一声,又写了起来。

"你在做什么,亲爱的李丽贝特?"思想家带着调侃的语气问她,并且惊奇地望着她。

李丽贝特脸上掠过一丝讪笑,把纸片递给他看。思想家笑得前仰后合。玫瑰色的纸片上写着:"今天十五时十分整,在玛丽新婚用品商店招牌下。"

"十五时十分去新婚用品商店干什么?"思想家问。

"我希望托马斯能来。"李丽贝特咻咻地笑起来。她向思想家宣布,她从今天起准备跟托马斯"交朋友"了。这是轻而易举的事,因为托马斯老早就对李丽贝特很关注,每星期都偷偷地给她写信,信上苦苦哀求她和他交朋友。所以,她这次决定回应他的哀求,对他"另眼相看"。

"可你对托马斯不是连看都不想多看一眼吗?"思想家觉得很惊讶,"你过去不是一向嘲笑他写信给你吗?"

李丽贝特点点头。

"确实如此。"她说,"不过现在需要这么办。"

看来,正如她自己向思想家承认的那样,她想跟托马斯交朋友,只是因为黑桃爱司认定托马斯是贼。

"只要我跟他交朋友,"李丽贝特解释道,"我就很容易观察他,套他的话。我要是能像黑桃爱司说的那样'机智一点儿',托马斯迟早会暴露的。"

"李丽贝特,亏你想得出来!"思想家哀叹道。他甚至嫌恶得起了鸡皮疙瘩,不仅手臂上,就连肚皮上也起。"这可是卑劣至极的做

法!"

"你是这样想的吗?"李丽贝特的脸上露出沮丧的神色,她刚想把小纸片撕碎,黑桃爱司伸手拦住了她。

"最卑劣的行为是把金表塞在我们朋友的书箱里!"黑桃爱司说,"亲爱的思想家,你很正直,你的诚实无疑应当受到称赞,不过要弄清这种卑鄙勾当,你这样可不行!"

"黑桃爱司,这是你的馊主意?"思想家问。

"还用问吗?"黑桃爱司又笑了,"是我主张她这样干的。也许,你有更高明的主意?"

思想家不吭声了。

"你瞧!"黑桃爱司得意地说,"我们得向目标推进才是。"

接着黑桃爱司向李丽贝特点点头表示鼓励。李丽贝特把玫瑰色纸片对折成邮票般大小,便拿起铅笔和削笔刀,蹦蹦跳跳地向纸篓走去。经过托马斯的课桌时,她悄悄把折好的纸片扔给了他。

思想家冷眼旁观,只见托马斯打开纸片,读了读,顿时满面春风。他还发觉托马斯转身用幸福的目光朝纸篓那个角落看了一眼,李丽贝特正站在那里天真无邪地削着铅笔。

"这未免太不光明正大了。"思想家小声对黑桃爱司说。

黑桃爱司用双手摸了摸板刷似的红头发,皱起布满雀斑的前额,说:"他对待先生也不光明正大呀。"

"快别这样说了!"思想家激动起来,"托马斯只不过是四个怀疑对象中的一个,又不能断定他就是贼。"

"现在我们是还没有证实他的罪行。"黑桃爱司咕哝了一句转身走了。

思想家感到自己不仅在发火,而且简直是火冒三丈!因为他很少发火,还不习惯于发火,所以现在觉得浑身不舒服,牙齿突然痛得厉害,肚子也突然阵阵绞痛。思想家不能回答黑桃爱司提出的问题。李丽贝特回到自己的座位上,心满意足地坐定,小声对黑桃爱司说了一句:"上钩了!脸上发光,像一枚不值分文的硬币!"

思想家气得一句话也说不出来。他默默遮住眼睛,等火气慢慢退去。胡福娜格尔太太走进教室的时候,他觉得自己已经好多了,这时的不舒服只像是恶心和口干舌燥。

胡福娜格尔太太在点名册上记了些什么,记了好久,大家紧张地等着看她接下来说什么。毫无疑问,对这些失窃事件,班主任的态度不容暧昧,总该表明一个立场。胡福娜格尔太太在点名册上记下先生缺席以后,"啪"地一下合上了点名册。然后她走到窗前,看着窗外纷纷扬扬的雪花。

"她在争取时间。"李丽贝特低声说了一句。

小思想家在行动

李丽贝特看着手表上的秒针。胡福娜格尔太太在窗前站了整整一分钟,然后转身面向同学们,说她作为班主任,应当跟同学们讨论一下米哈艾尔的问题。说着,她走到先生的课桌跟前,坐了下来。她跟大家说:"要使今天在座的同学们都明白,永远明白,谁也没有权力认定米哈艾尔就是小偷儿。大家认为他偷窃是没有足够证据的。"

大家被老师的一番话惊呆了,片刻鸦雀无声之后,又腾起一片激动的嘈杂声,接着又变成了一片抗议的呼声。

"手表明明是从他书箱里搜出来的呀!"秀吉大喊着。

"请告诉我们,按您的看法,表究竟是谁偷的呢?"奥利维尔发问道。

"显然是他!我一开始就猜到是他!"罗伯特大声嚷嚷着。

"停止大喊大叫!马上安静下来!谁都有可能是小偷儿!事后偷偷把表塞在米哈艾尔的书箱里。"胡福娜格尔太太把他们的声音压了下去。

"对极了!"黑桃爱司立马喊叫起来,他举起双手,激动地鼓起掌来。

李丽贝特也跟着鼓起掌来。思想家的火气还没消,只是迟疑地举起手来。虽然只有几个人鼓掌,可听起来声音响得足以盖过其他同学的怨怒声。

黑桃爱司和李丽贝特鼓掌时，胡福娜格尔太太只是耐心地等他们停下来。直到思想家把双手放下后，她才说道，这类事情没有百分之百的证据，绝不能随便指控别人。班主任让大家回忆，米哈艾尔是一个心肠多好的同学，是一个多么可爱的男孩，每个人在对他横加指责以前，都该设身处地想一想。

"我才不愿意设想自己是个贼呢！"罗伯特脱口而出。

"完全正确！"芭勃西用更响的声音表示支持。

胡福娜格尔太太从先生的座位上站起来，说："总之，你们不能理智地做出判断，我就不谈下去了。"说完，她回到了讲台上："把课本拿出来，翻到第八十九页。"接着她朝第一、二张桌子看了一眼，对思想家、李丽贝特和黑桃爱司说："你们最好去看看米哈艾尔，我希望你们去看他，请帮我转告他，我并不认为他是个小偷儿。"

思想家和黑桃爱司高兴得连连点头，李丽贝特悄声说了一句："胡福娜格尔太太头脑可清醒着呢。这使我放心多了。"

思想家这才觉得，此时他又能跟李丽贝特说话了。

"是的。"他说，"像她这样的老师，我们只有一个。"

班主任的德文课今天讲解各种副句。课后，多数同学和老师之间的对立情绪没有消除。胡福娜格尔太太走到走廊里，站在两扇窗

之间,身子倚着墙——这天她是这层楼的值日教师。

五分钟的课间休息时间,思想家有三分半钟闭着双眼,嘴含手指,想着主意。接着他起身走出教室。黑桃爱司和李丽贝特都以为他要上厕所,却不料思想家穿过走廊,倚墙站到了胡福娜格尔太太身旁。开始,老师一点儿也没注意到他,她正在翻阅报纸,走廊里的同学都在奔跑喊叫。思想家咳了一声。这声干咳并没有引起老师的注意,于是他向老师靠拢一点儿,又咳了一声,声音比刚才更响,这回老师不可能听不到了。

"是你呀,达尼尔。"胡福娜格尔太太说,"你来陪我,我太高兴了。"她朝思想家嫣然一笑,指指他衔在嘴里的手指头,说:"有时,我真担心你无意中把手指当作棒棒糖吞下去。"

思想家从嘴里拿出手指来,一本正经地看了看,低声嘟囔道:"不用担心,它还能吃很久呢。"然后他以同样小的声音说下去:"胡福娜格尔太太,把真正的小偷儿揭露出来,您认为有必要吗?"

"达尼尔,难道你知道谁是贼?"胡福娜格尔太太好奇得瞪圆了眼睛。

"现在还不知道,不过,我想很快就能知道了。"

胡福娜格尔太太显然很激动。

"你看到什么了?听到什么了?你有没有确凿的证据?"

"不,我光有一些想法就是了。"思想家这么一说,胡福娜格尔太太脸上立即露出了失望的神情。

"不过,到目前为止,我的种种想法还是完全可靠的。问题不在这里,问题在于……"思想家又把手指头塞进了嘴里,"我多半会可怜那个小偷儿。看来他好像是个自己不知道自己是怎么回事的可怜虫。"

"可他是个贼呀!"胡福娜格尔太太提高嗓音说。

"那又怎么样?"思想家目不转睛地注视着胡福娜格尔太太。"那又怎么样?"他重复了一遍。

"不行,不能这样想,达尼尔!"胡福娜格尔太太感到惊愕,"难道可以偷人家的东西吗?从你嘴里听到这话,我万万想不到!班上也没有这种可怜虫可怜到非要去偷窃不可。我知道你们每个人的生活条件。"

"我说的'可怜'是另外一种意思。"

"什么意思?"

思想家耸了耸肩膀:"我自己也不是很清楚,不过我已经感觉到了。"

"达尼尔,反正都一样。"胡福娜格尔太太摇摇头,"到学校来,就不许像喜鹊那样,人家的东西想叼就叼。你也知道如今我们班发

生了什么事。这种情况不能继续下去了。"

"当然,是不能再继续下去了。"思想家表示同意,"不过我认为出于某种特殊原因而行窃的小偷儿,并不比冤枉别人的人更坏。那些人没有任何真凭实据,没有确凿的罪证,便一口咬定班上同学偷了东西,这是不能容忍的。您倒是说说看,我这种想法对不对?我还想知道,小偷儿如今有什么难处,他需要些什么。"

铃声宣告课间休息结束,走廊里的人都走光了,胡福娜格尔太太还没有回答思想家的问题。最后,等到生物老师出现在楼梯口,她才说:"原谅我,达尼尔,要回答你所提出的两个问题并不简单。我得去想想。"

在回答问题之前,需要好好想想,这一点思想家是知道的。他向胡福娜格尔太太点点头,跟生物老师一同走进了教室。

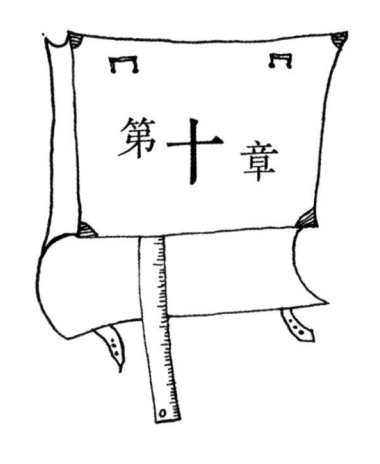

第十章 一次失败的会面

李丽贝特初当侦探,成功与失败难以预料。她的母亲无意中说出一条有重要意义的侦查线索。除了思想家,这一点谁也没有注意到。

午后三时光景,李丽贝特笑容满面,像小鸟出笼一样飞出公寓,跑下楼梯。李丽贝特笑得那样开心。从这种种迹象来看,她的妈妈已开始习惯她外出活动了。她的妈妈正坐在客厅里,悠闲地用红白相间的毛线编织着一件挪威花样的毛衣,眼眶里没有泪花。她问女儿什么时候回家,说话的嗓音甚至没有让李丽贝特的爸爸觉得难受。

在门口守门人的小房间旁,李丽贝特从运动提包里掏出一面小镜子和一支从妈妈梳妆台上拿来的唇膏。她仔细地抹上唇膏,以便让托马斯感觉她更迷人。可是当她照照镜子检查自己的化妆效

果后,不由得一边责怪自己,一边掏出纸巾赶紧擦掉了唇膏。然后她才飞也似的赴约。

托马斯早就站在约定的地点。他一看见李丽贝特,脸上顿时漾起了幸福的微笑。而当她走近时,他激动不安地问道:"你怎么啦,李丽贝特?着凉啦?感冒了吗?"

原来李丽贝特的上唇和鼻尖都染上了紫红的颜色,显而易见,李丽贝特对化妆还没有经验。李丽贝特抿着嘴不让自己笑出来,支支吾吾地一再声明自己没有感冒。她突然觉得自己的举止很蠢。不过不管怎么说,这到底还是她生平第一次跟人约会。不久前,她外婆还对妈妈说:"第一次约会是到死也不会忘记的!"

"可不!"妈妈附和说,"那时你心中感情汹涌澎湃,仿佛天上有许多小提琴在齐声演奏着浪漫的抒情曲。"

李丽贝特望了几次天,都没有发现一把小提琴,更别提什么浪漫的抒情曲了。她只看出来,天不是要下雨,就是要下雪了,不过她心中的感情倒是汹涌澎湃的。她厌恶托马斯,对即将开始的一番谈话有些胆怯,有些茫然,不知道如何扮演这个假装的角色,如何努力装得对托马斯有好感——所有这一切在她心中汇成了一种厌恶感。不仅如此,刚才托马斯关于感冒的一番话还给她平添了懊恼。李丽贝特认为,托马斯一来就指出年轻小姐的红鼻子,这种行为似乎不够礼貌……

"马上要下雨了。"托马斯说。

李丽贝特点点头,试图在脸上挤出点笑容来。

"我们去看电影吧,李丽贝特!四点钟大都会电影院放映《星球大战》。"

李丽贝特思忖:跟他坐到电影院里去,对我完成使命没有任何意义。一进电影院就不能说话,我无法问出他的口供来。

"《星球大战》我已经看过三遍了。"李丽贝特说。其实她一次也没有看过,并且非常想看。

"那我们乘车到市中心去吧。"托马斯建议道,"那里有很多电影院。"

托马斯从短大衣口袋里掏出一张印有星期四电影广告的报纸。一望可知,他已经把日场电影全都勾了出来。

"我没有钱。"李丽贝特推却说。

"我请客,这还用说吗?"

"市中心的电影院票价可贵着呢!"

"这我不在乎!"托马斯笑了,"我有的是钱!"

"我有的是钱"这话从托马斯嘴里说出来可就新鲜了。照理说,托马斯的钱并不多。虽说他的父母很有钱,可他老抱怨父母给他的

零花钱太少,买连环画和泡泡糖都成问题。如今怎么会突然有钱了,可以请她去市中心的电影院?买这样两张电影票,虽说用不了他一星期的零花钱,但整整三天的零花钱也是不够的!当然要是他拿了罗兹薇塔的五十先令或是伊凡的金项链,就另当别论了,那他还在乎买两张昂贵的电影票?可能他是在拿她的钱,请她去看电影?也可能他的口袋里有她不翼而飞的钱包?

李丽贝特的双眼眯成了一条缝,鼻翼翕动着,觉得自己好像一条马上就能追上猎物的猎犬,气喘吁吁,却很得意。谁知托马斯沉吟了一阵子后补充说:"我今天太走运了。正要出门时,我舅舅来了,他问我上哪儿去。我对他细细说了一通,他随即爽快地掏给我一百先令,让我好带你到什么地方去玩玩。"

托马斯的脸像发光的铜盆,他撩起短大衣,从裤袋里摸出一百先令的钞票来。

"我自己还攒了一些钱。"托马斯继续说,他从另一个口袋里掏出一块打了结的圆点花纹手绢,"这是我从储蓄罐里取出来的。这里有六个十先令的硬币!"托马斯重新把他的财产分别塞进两个口袋,并且显得很阔气地说道:"只要你乐意,我们上哪儿都行!"

李丽贝特听后感到大失所望。

"我更乐意溜达溜达。"她说。

她和黑桃爱司事先商量过,最好她跟托马斯溜达溜达,因为到市中心大街一路上有好几家金银首饰店。而首饰店的橱窗里都陈列着带有金坠的项链,就跟伊凡被偷的那条一模一样。

托马斯顺从地跟着李丽贝特沿街走去。这时刮起了一阵寒风,飘下了几滴雨,接着雪片就打起旋来。李丽贝特没有戴帽子。托马斯让她戴自己的护耳皮帽,李丽贝特拒绝了。还没到首饰店,托马斯想到马路对面去,那里有一家体育用品商店,他极其喜欢滑雪板和滑雪鞋。

"滑雪板回去时再看也不迟。"李丽贝特说着便拉托马斯去看首饰店橱窗。

"瞧瞧,这多美!我早就想有这么一条了!"她用手指着一条陈列在橱窗里的项链,装出一副欣喜若狂的样子,"我想要这样一条项链,简直都快想疯了,可我妈就是不肯给我买!"她叹着气,鼻尖直往橱窗玻璃上贴:"拿我所有的东西换这么一条项链,我也心甘情愿!我梦里都想有这么一条项链!"

"那有什么,你要是真的这样渴望得到这条项链……"托马斯毫不含糊地说,"就让我给你一条带坠的。只是你别对人讲,行吗?让这件事成为咱俩的秘密吧。"

"跟这条一模一样的吗?金的?带珐琅坠的?"

饰品店

托马斯点点头。李丽贝特又感觉自己是一条快逮住猎物的猎犬了。

"那是我出生时人家送我的,留着没用。"

李丽贝特暗自思忖:是吗?他出生时候的项链?好了,他露馅儿了!那时还压根儿没有这种坠呢。他还叮嘱我不要讲出去,说什么是我们两人的秘密!一切都清楚了!俗话说得好——偷了铃铛送人,总要千叮咛万嘱咐别到处去招摇。

"明天,我把项链带到学校去给你。"托马斯说。

李丽贝特心潮澎湃。明天就要真相大白了!待明天托马斯悄悄地把一条项链递给她,她便把项链拿给伊凡看,伊凡一定会狂叫起来,说这是他的项链,他有百分之百的把握肯定这项链正是他的。那时,托马斯的脸会倏忽变得像块白布,一下子垮下来,承认他全部的罪行。同时他也会一下醒悟到今天是怎么回事。而到了下星期一,先生就会昂首阔步回学校来上学了,大家对他的成见就会消失得一干二净。

李丽贝特正暗自在心中描画着这大快人心的情景,不料托马斯突然怯生生地补充说:"只是我那坠上的小天使背后没有蓝色的云彩。不过,我看一朵云彩也没多大意思,是吧?"

云彩?这跟云彩有什么关系?李丽贝特一再端详橱窗里的项链

坠。云彩是什么意思呀?她这才看到,跟伊凡的项链一样的项链旁还摆着另外一条项链,坠子上有个小天使。小天使一头鬈发,背上有一对粉红色的翅膀,正飞翔在蓝色的云彩之上。

李丽贝特大失所望,差点儿没哭出来。她咽下眼泪,说道:"托马斯,千万别拿带小天使的项链送给我。这是非常珍贵的礼物。这样贵重的礼物,妈妈不会容许我接受的。"

"所以我才说,这得保守秘密,不能让任何人知道。我妈妈要是发现我把项链送给别人,也会不高兴的。"

"要保守秘密,"李丽贝特说,"又不能戴,那你送我还有什么意思呢?"

托马斯同意她的看法。看得出来,甚至他也感到轻松了许多。

"还往前走吗?"他问。

李丽贝特点了点头。他们慢慢沿街往前走去,然后拐进了一条巷子。秀吉就住在那条巷子里。他们走过她家门口时,李丽贝特装作漫不经心地问道:"秀吉生日那天你高兴吗?"

"那天我心情好极了,只是你很少留意我。当然,出了那件存折的倒霉事,气氛就全被破坏了。"

"那个喜欢炫耀的姑娘干吗把存折满屋子乱丢?"李丽贝特大声说,"思想家也说,丢存折的事,一半过错在她自己身上。贵重的东西就应当锁起来嘛。"

"她是锁着的,"托马斯说,"她在我们面前炫耀过存折以后,又放回了抽屉里,还上了锁。她还把取下的钥匙放在了大写字台的托架上。"

李丽贝特竭力想冷静客观地对托马斯的话评估一番,可她头脑里迸出了一个念头:刚才他一准是说漏了嘴!现在想赖也赖不掉了!我在班上没跟谁说起过存折的事,每回我都一再重复秀吉不把贵重的东西锁起来太不像话,谁也没有反驳过我,因为谁也不知道秀吉实际上是锁了抽屉的,就连秀吉本人也记不清这件事了。她记得钥匙仿佛是插在锁孔里的。贼当然记得分明,因为这一点对贼来说是非常要紧的。

"我想不到先生竟是这样一个傻瓜。"托马斯继续说,"要知道,只有傻瓜才以为人家存折上的钱是能拿到手的。"

"换成你,你就有门道了,是吗?"李丽贝特的话中显然另有用意,可是托马斯没有察觉。

"这是起码的常识。为什么这么说?第一,三岁娃娃都知道,况且我爸爸就在储蓄所工作。银行里的事我多少知道些,更不用说这种简单的道理了!"

这下,李丽贝特认输了。她心里很不好受!她费了这么大劲却

小思想家在行动

一无所获。托马斯的父亲在银行里工作,他不会傻到去偷存折!当然不会!黑桃爱司应当事先把托马斯父亲的职业告诉她。

"听着,托马斯,"李丽贝特说,"我没时间陪你玩了。我得回去了。对不起!"

"咱们总得去咖啡馆坐坐,吃点儿冰激凌吧。"托马斯请求说。

"你刚才没有说错,我是感冒了。"李丽贝特说,"我还是不吃冰激凌的好。"

托马斯无法掩饰自己的不快。"或者,我们还是去看电影吧?"他问。

李丽贝特不想去看电影。她此刻只想着一件事:尽快见到黑桃爱司,告诉他,这出戏她完全演砸了。黑桃爱司就住在附近的十字路口处,也就是他们刚走过的那条街上。

"我不能跟你去看电影了,托马斯。你知道我的感冒还没好,在电影院里会打喷嚏的。再说我才想起来,我得赶紧去看看我的外婆,她病了。"

李丽贝特转身向十字路口走去。走到黑桃爱司家那幢公寓门口,她停了下来。

"再见,托马斯!"她向他挥了挥手,然后等他走开。谁知托马斯就是不走。他疑惑地望望那幢楼。

"你的外婆住在这儿？这里倒是住着骆驼！"

"这有什么奇怪的呢？难道我外婆就不可以跟黑桃爱司住在同一幢楼里吗？"

李丽贝特现在一心只想早些进楼去，以便摆脱托马斯。可是大门锁着，门口有一个闪闪发亮的扩音器，旁边有三块很醒目的人名牌①，名字下方各有一个按钮。头一块上面写着"艾台拉英"，第二块是"施廷格 男按摩师"，而第三块是"冯·派尔希特台"，他是个远近闻名的画家，报上社会新闻栏里时常有他的消息，说他跟老婆办了离婚，又跟另一个女人同居了。很难想象，李丽贝特的外婆成了画家冯·派尔希特台的新欢。而男按摩师施廷格也不可能是李丽贝特的外婆。

"你在说谎，"托马斯伤心地说，"你一定在说谎……既然你讨厌我，你为什么来见我呢？"

托马斯在艾台拉英的人名下按了按电钮。

"谁？"从扩音器里传来黑桃爱司的声音。

"一名女客来找你，蠢骆驼！"托马斯叫了一声就撒腿跑开了。

锁咔嗒一响，门就开了，李丽贝特走进楼房。她的心好像有猫

---

① 人名牌，外国公寓除了门牌号码，门上还钉有注明户主姓名和职业的牌子。

爪子在抓。

黑桃爱司对推翻托马斯是贼的理由听而不闻。李丽贝特跟他大概解释了整整一个小时,说得很清楚,托马斯不是贼。总的说来,他根本不是一匹害群之马。对李丽贝特这些话,黑桃爱司只是一味摇头,他还是一口咬定说:"他是贼,那是铁定的。他只是在那儿装傻,向你赌咒发誓,简直太狡猾了。不过,我一定能戳穿他。很快,一切都会弄清楚的,他骗不了我。"

李丽贝特打电话给思想家,她请求思想家支持和帮助她。思想家对黑桃爱司有很大影响,他们从来不曾吵过嘴,这一点李丽贝特早就知道。谁知思想家不在家。思想家的妈妈说,他跟先生以及先生的妈妈到动物园去了。思想家的妈妈还说,她很不高兴,她不能让自己的孩子跟一个贼交朋友;另外,冬天动物园里的动物都关在室内,搞得臭气熏天。李丽贝特对思想家妈妈的抱怨听不下去了。

"请您放心就是了。"她说着搁下了话筒。

接着她打算给先生家打电话。这会儿,他们可能已经从动物园回来了。不料,没有人接电话。

黑桃爱司让李丽贝特一起玩牌或下棋,她却什么也不想玩。

"我要回家了。"她说。

"也好,"黑桃爱司回答说,"那我就留在家里集中精力考虑考虑,怎么来揭穿托马斯。"他意味深长地笑着说:"你瞧着吧,不光是思想家会动脑筋,只要我乐意,我也能动脑筋。"

"祝你顺利!"李丽贝特说。她差点儿补上一句:"你呀你,这头蠢骆驼!"

她闷闷不乐地回家去了。

晚上七点半。

李丽贝特的父母坐在客厅里看着电视新闻,突然,门铃响了。李丽贝特正在自己房间背英文单词,一听到门铃响,立刻蹦到前厅去开门了。

"你先在猫眼里看看清楚,然后再开门。"妈妈大声嘱咐道。

李丽贝特透过猫眼看了一眼,只见门外站着思想家和黑桃爱司。

"是谁?"李丽贝特的爸爸大声问。

"思想家和黑桃爱司。"她回答,随即取下锁链,拉开上下插锁,开了门。

"你们家门锁得可真严,就像一座骑士城堡。"思想家说着走进前厅,后头跟着黑桃爱司,他歪着嘴,憋住了笑。

"有情况吗?"李丽贝特激动地问。

有情况,这是明摆着的。如果没有情况,思想家和黑桃爱司是从来不会这么晚到她家来的。

李丽贝特把他们带进自己的房间。她的妈妈不仅非常惊慌,而且十分好奇,她马上走到前厅,在李丽贝特门边的大壁镜上擦了起来。不过她在那里只听到只言片语,也弄不明白究竟是怎么回事。比如她听到女儿惊讶地问:"这是什么?"接着黑桃爱司得意扬扬地回答:"一块手绢。"接着李丽贝特又说:"哎呀,脏死啦!"黑桃爱司又说:"那是因为我们平常都用它来擦黑板。"

听到这里,李丽贝特的妈妈就退到客厅去了,她自言自语道:"早知道只听到几句关于脏手绢的无聊话,我也犯不着把已经擦干净的镜子再去擦一遍了。"

这时,李丽贝特正在自己的房间里把一块潮湿的白方格褐色手绢摊平在书桌上。从先生书箱的一角找到的金表,就是用这块手绢裹住的。她目不转睛地注视着手绢的一个角,那里绣着两个缩写的花体字母:"K""T"。

"你一离开我家,"黑桃爱司对李丽贝特说,"我就想起来,手绢是很重要的东西,那是我们唯一的物证。"

"那叫罪证!你要是正确使用法律术语的话,就得叫它罪证。"思想家纠正说。

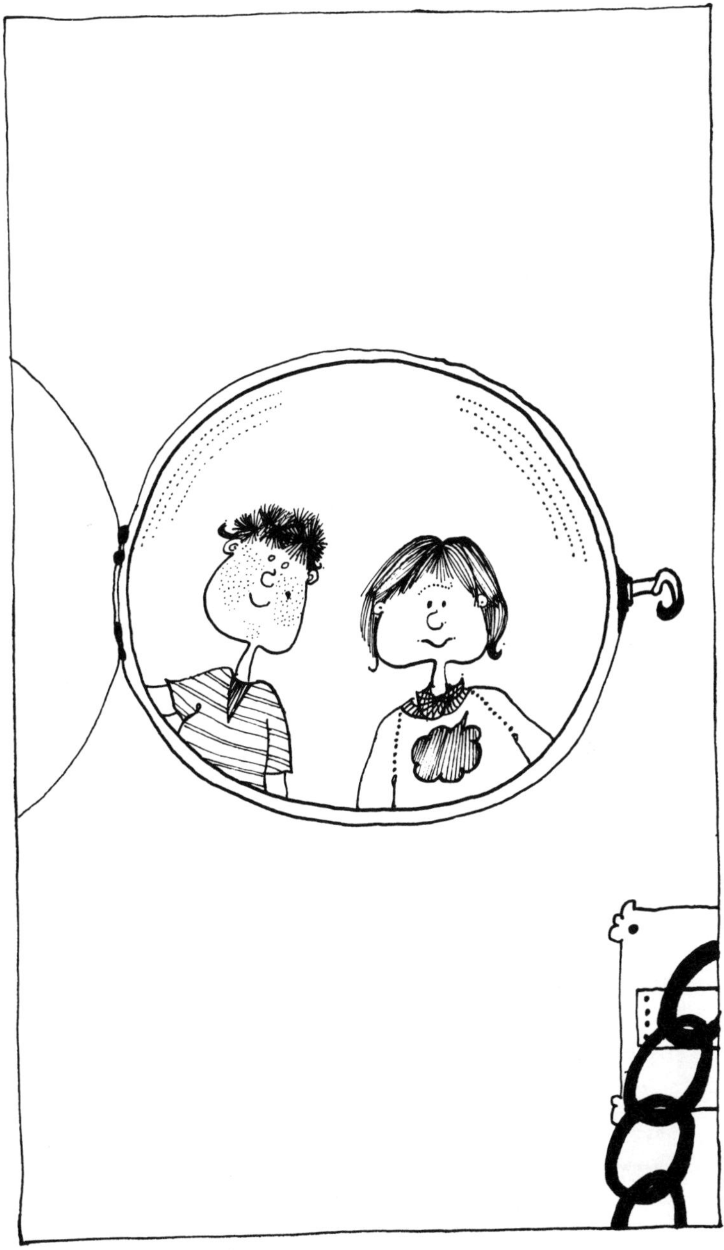

小思想家在行动

"OK,就叫它罪证吧!"黑桃爱司表示同意,"不管怎么说,我决意对它做个鉴定。起先不知道上哪里去找,我以为是被人扔掉了。后来我才想起来,芭勃西拿它擦过黑板。于是我急忙飞奔到学校去,跟施特里巴尼先生说,我要用一用我们教室的钥匙,因为我把一管治气喘的药忘在书箱里了,我只有这么一管……"

"治气喘的药?你有气喘病?"李丽贝特不安地看看黑桃爱司。

"不是,他不过是为了能进教室而那么说说罢了,目的是从施特里巴尼先生手里弄到钥匙。"思想家解释说。

黑桃爱司点点头。

"谢天谢地,物证还在那里。"

"是罪证!"思想家又一次纠正他说。

"好吧,就说是罪证,我不跟你争。"黑桃爱司正兴奋着呢,顾不上选择确切的术语,"不管怎样,反正手绢落在我们手里了,'K''T'两个字母正说明贼就是库柏·托马斯!"

李丽贝特目不转睛地看着那块脏手绢。这是一块很大的手绢。手绢已经洗得看不出原来的白方格了,它已经快破了。不过用褐色丝线绣在一角的字母却还能清楚地分辨出来。"K"是"库柏"的头一个字母,"T"是"托马斯"的首字母。

"我早就说过了!"黑桃爱司觉得自己像航空表一样准确,"我的感觉从来不会错!这事像二二得四一样清楚。"

李丽贝特用询问的目光看向思想家。

"我觉得这似乎并不是什么确凿的证据。"他说着,耸了耸圆滚滚的双肩,"我的整个理论依据是……谁知这两个缩写字母从根本上打乱了我的理论。"

"你有什么理论?"李丽贝特问。

黑桃爱司不让思想家回答问题。

"你算了吧,理论家!谁要他的理论!总之,空口说白话,人家不当一回事,人家要的是证据!喏,这就是证据!"黑桃爱司把手绢拿在手里,抖了抖粉笔灰,又重新放在桌上,"明天早上,我去找校长,让他看看这缩写字母!"

李丽贝特显得很吃惊,她有点儿同情托马斯。在她的想象中,明天托马斯就将站到校长办公室里去了。由于同情,她的心甚至怦怦跳了起来——这个托马斯,还准备将自己的小天使送给她呢。

"啊,说不定你还在怜悯他吧?"黑桃爱司突然大声戳穿她。

一望而知,李丽贝特的种种情绪全都写在脸上。李丽贝特正想说她怜悯托马斯不是什么丢人的事,她妈妈刚巧推门进来。她其实是受好奇心驱使而来,却又不愿意承认这一点,只好以问大家想不想喝饮料做掩饰。三个人都说不想喝,他们都顾不上喝什么。可是

李丽贝特的妈妈已经无法克制她的好奇了,她心里琢磨:两个男孩这么晚跑到她家,要真的只是为了一块脏手绢,那么这块手绢一定大有文章!她一进来,一眼看到那块手绢就摊在李丽贝特的书桌上。她走过去,笑着问:"你们从哪儿弄来这么一块滑稽的老古董手绢?这哪儿是手绢,简直是一块大方巾呀!"

谁也没有回答,她只得走出房间去。思想家看了一眼她的背影,把手指塞到嘴里,嘀咕道:"好个聪明的女人!"

李丽贝特以为思想家在嘲笑她妈妈,马上回了一句:"我倒是要说,你妈妈也跟诺贝尔奖扯不到一块儿!"

不料思想家拿起手绢,叠好装进了口袋。

"嗨,你拿去干吗?"黑桃爱司生气地喊道,"放着!是我找到的手绢,得由我来送到校长那里去。"他脸上的表情好像人家在抓阄儿时作弊似的。"把物证给我!听见了吗?马上给我!"

思想家又一次耐心地说,在这种场合应该用"罪证"这个术语,而不能叫"物证"。他要求把手绢交给他使用到星期日,以便查个水落石出。

"要是我星期日还找不出贼来,那第二天早上就把手绢还给你,让你交到校长室去。"

黑桃爱司发火了,他骂思想家是一个笨蛋。他想说服思想家,事情已经再清楚不过了,谁要是还有怀疑的话,准是彻头彻尾的傻瓜。

笨蛋也好,傻瓜也罢,反正思想家坚持自己的看法。他说,现在他要行动,要去做实事,这比坐着进行无谓的争论重要得多。他还说希望黑桃爱司看在他们永恒的友谊的分儿上,考虑他的要求,推迟两天再去校长那里。

"倒霉的是先生,你对他的痛苦满不在乎!"黑桃爱司大喊起来,"对他来说,明天洗清做贼的罪名,跟两天以后再洗清,可大不一样!为什么贼的罪名,先生就该顶到星期一呢?"

"先生,"思想家稍稍把嗓门儿提高了一些,这在他是十分少见的,"先生早就同意我在这件事中提出的一切看法。"他说"我"字的时候,前后都顿了顿,像是在这个字眼上特别加重语气一般。"你若不信,打电话问他好了!"

"OK,OK。"黑桃爱司知道思想家从不说谎,"好吧,我就等到星期一。可到星期一谁都别想拦住我!"

"到星期一,你尽可以用这块手绢做顶小小的帽子。"思想家说着用食指在黑桃爱司的胸部戳了一下,"到星期一,你会感激我幸好没让你到校长那里去丢人!"说完,他转身对李丽贝特说:"请替我向你妈妈致意。她是一个多么可敬的人呀!没有她的提醒,我早

小思想家在行动

在你们的压力下屈服了。"

思想家说完就跟大家告别回家去了。黑桃爱司和李丽贝特久久望着他走后关上的门,不知怎么办才好。

"你妈妈说过什么话?"黑桃爱司问,"难道她的话里有什么特别的意思不成?"

"没有呀,我根本没有听出什么特别的意思来。"李丽贝特说完沉默了一会儿又添上一句,"可思想家好像知道该怎么做了。看得出来,他什么都知道,我完全信服他。"

黑桃爱司不想再在李丽贝特家待下去了。他十分平静地和李丽贝特告别。等李丽贝特关上门,上好两道锁,拴好锁链,他这才自言自语道:"讨厌,真讨厌!他们都听他的,受他支配。"

第十一章

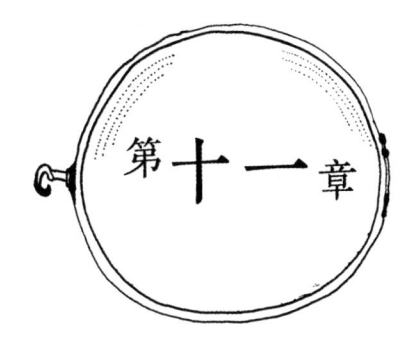

破案了!

故事来了个大转折,思想家不得不绞尽脑汁,还不得不使出浑身解数。

十二月三日,星期五(22时)

我把手绢洗干净,放在暖气片上烤干抚平,再仔细叠好。此外,我已经想好,我再也不去跟那些断定先生偷窃的人生气了。然而,为了公正,我应该生黑桃爱司的气,因为他在没有充分依据的情况下坚持怀疑托马斯。他说过,他相信自己的感觉。当你决定是否再吃一个夹心面包时,你可以相信自己的感觉。但如果事情涉及别人,你就应当让自己和那个直觉离得远远的。要是这种感觉不对头,它告诉我周围的人一

小思想家在行动

个个都在变坏，那么我宁可什么感觉也没有。因为有这种感觉简直就是失去理智！如果给事情先下结论，然后倒着去进行分析的话，那么就会造成这样的后果：

托马斯对李丽贝特产生爱慕的感觉，而李丽贝特却没有这种感觉，倒是对黑桃爱司有友爱的感觉。这么一来就挫伤了托马斯，于是他对黑桃爱司产生了一种憎恶的感觉，所以他一向只叫黑桃爱司"骆驼"。结果呢，黑桃爱司也对托马斯产生了敌对的感觉。所以，一遇到合适的时机，那种感觉就来暗示黑桃爱司：托马斯是那个贼。他本该不管抓到看起来多么有力的证据，也还是要把事情进一步弄个明白的，而他偏偏让自己原来不一定可靠的感觉把自己的思路引向了另一个方向，一个劲儿朝那个方向去动脑筋，结果当然只会加强这种感觉。这样一个小伙子竟还打算进法律系去学习呢！看样子今后只能指望他当一个公证员，而不是一名法官，而且只能去处理遗产案件。否则，他像野蛮人一样光听凭自己的感觉判案，可就……

但是我对先生的担心远远超过我对黑桃爱司的担心。先生的心情真是糟透了。尤其严重的是，他的心情永远也不会恢复到从前那样了。纵然我找出真正的小偷儿，他也不会像从前一样了。今天他和我一起到动物园去，就这么说过："他们全都这么轻易相信我是贼，立刻就终止跟我交往，这一点将永远烙印在我心中。"他说得对。以前这里叫"先生"，那里叫"先生"，先生是大家都喜爱的人，可后来，先生成了败类，成了贼。其实这没有什么奇怪的，一句话，他们原本就是这样的人。

我明天得彻底调查一下，不能让黑桃爱司到班上去乱嚼舌头，散布他那些没有头脑的想法。不然，托马斯的处境不会比先生更好。不过我看这些事情应付起来很困难，因为现在同学们都不大跟我们说话。幸好，明天只有两节课，美术老师病了，连着两节美术课都不会上。这么一来，明天就只有一次课间休息。我可以利用这次课间休息把我的行动计划告诉李丽贝特。十点钟，只要能离开学校，我就可以"投入战斗"。我让李丽贝特和我一道去，两人总比一人强。

等把事情全部查清，我要买上三朵玫瑰花送给李丽贝特的妈妈。要不是她说了句"老古董手绢"，我很可能不会注意到那块手绢已经非常旧，都快洗坏了。这种大方巾眼下年轻

小思想家在行动

人都不爱用。另外,手绢一角还有刺绣的花,未必是专挑来给孩子用的。再说,几乎家家在往孩子口袋里塞手绢时,从来不看看究竟是属于谁的。我通常身边也带有"A.L"记号的手绢,因为我妈妈叫"安娜·丽莎"。

我连连打哈欠,眼泪都流出来了……我这就去睡,因为明天我得精力充沛才行。要经得住当前的一切,我需要有钢铁般的意志和精神……

还有,我忽然想起,我光带李丽贝特一人前往不大妥当,得让黑桃爱司也跟我们一道去,尽管他现在还在生我的气。我们毕竟是朋友嘛。要是不让他一同去,他会感觉我们抛弃他了。弄不好,他会以为我们在对他说:滚开,既然你犯了错误,既然你不肯公正待人,我们就不再需要你了。

星期六上午,九点五十五分,铃声一响,思想家、黑桃爱司和李丽贝特就朝校外跑。三个人都来不及换下在学校里穿的鞋,外套也都敞着,肩上的书包在跑动中上下左右晃动着。这时,不慌不忙换鞋准备回家的三年级五班同学,都从更衣室乱七八糟的衣物堆里抬起头来,用惊异的目光打量着他们。

"我们的每分钟都很宝贵,得赶在他前头。"思想家一边跑一边说。

"他通常是步行回家的。我们乘电车去,这样我们就能赢得时间。"李丽贝特建议道。

黑桃爱司还死死咬住一句话:"这我不信,说真的,我就不信。"

可他还是跑在最前头,把思想家和李丽贝特落下了一大截。快到电车站时,黑桃爱司挥手央求司机停停车。司机看来是个好心人,他等黑桃爱司到车门口,又等李丽贝特一起上来,这才问:"那边一瘸一拐往这里奔的笨小子,也是你们一起的?"

电车等思想家精疲力竭、喘着粗气终于爬上车厢的踏板时才开动。

"命运给我们预备了多么可怕的考验!"思想家叹息着,"咚"的一声坐在了空座位上,呼哧呼哧喘得像火车头似的。

他们坐了两个大站。思想家一直希望自己早点儿缓过来,但除了发出咝咝声,断断续续地深吸一口气,没有别的办法。

思想家、黑桃爱司和李丽贝特下车的那站,旁边有一家很大的自动售货商店,还有一个不久前开放的公园与之相邻。再远些,高耸着几幢正面尽是阳台的新高层建筑。高楼之间还有一些老居民区,那些有小花园的房子好像是被人遗忘在那儿似的。风在这一带

自由自在,吹得比别的地方有劲得多。落光树叶的小白桦树在公园里抖得比李丽贝特咯咯作响的牙齿更厉害。她问:"那幢房子在哪里?"

黑桃爱司拉上夹克拉链,把揉皱的帽子扣在头上,低声嘀咕道:"他简直住在天边!"

思想家从口袋里掏出一张纸,念了念:"阿洛依札·拉波廷什丁大道3/17/3/26。"纸上还有一个居民区的示意图,最后一幢高层建筑上还打了个叉。

李丽贝特惊讶地看着那张图。

"你打哪儿弄来这么一张图?"

"地址是我从电话号码簿里查来的。我昨天给许多同学打电话,可谁也不知道他的地址。地图是我从城市地图上描来的。"

思想家、李丽贝特和黑桃爱司走向那最后一幢高层建筑。

"要是他妈妈不在呢?"李丽贝特问。

"那就算我们不走运。"黑桃爱司说。

"谁去按门铃?"李丽贝特又问。

"黑桃爱司,"思想家说,"他当这个角色比谁都合适。"

他们走到高层建筑跟前,谁也不说一句话。他们进了前厅,径直向电梯走去。李丽贝特按了按红色的按钮。他们默默地看着电梯一层层降下来。

电梯终于停止了。

思想家走进了电梯。

李丽贝特走了进去,黑桃爱司还在犹豫不决,他说:"他妈妈马上会打发我从楼梯上下来。我跟你说明白,你那一切都是胡说八道。"

思想家猛地推了一下黑桃爱司。由于出其不意,黑桃爱司像子弹一样飞进了电梯。

"原来你是这么一个思想家!"他非常惊讶地大嚷道,"你什么时候变得如此粗暴?"

"从现在起,我变得自己都不认识自己了。"思想家一边嘟嘟囔囔回答,一边走进电梯,按了十三楼的电钮。

电梯上升时,思想家把手绢递给黑桃爱司。"你都明白了吗?"思想家问。

黑桃爱司点点头。电梯在十三楼停了下来,他说:"只是请你注意,我这样做纯粹出于跟你的交情。我得让你心服口服。"

"你要向我说明的,待到以后吧。"思想家又小声说。

黑桃爱司很不乐意地走出电梯。

十三楼的楼道有三扇白色的门,每扇门的猫眼下都写着住户

的姓名。

正对电梯的一扇门上,三个人都认出了"克朗"的字样。

思想家和李丽贝特奔下楼梯,坐在楼梯台阶上等着。黑桃爱司在克朗家门口按响了电铃。李丽贝特过于激动,以至又恢复了早已戒掉的幼时习惯——把两个指头塞进嘴里,咬起指甲来。

"喂,"她小声对思想家说,"里边好像什么人也没有。"

"耐心点儿,"思想家也小声回答道,"可能他们家公寓大,也可能他妈妈正忙着……"

电梯下去了,黑桃爱司走到楼梯口。

"我该怎么办,还一个劲儿按铃吗?我们还是走吧!"

"再按就没意思了。"思想家说着从台阶上站起身来,"铃声这么大,不可能听不见。"他掸了掸裤子上的灰尘。

"说不定她上自动售货商店去了?"李丽贝特说,"星期六,多数妈妈都到店里去买东西。"

"她们在店里一待就是好几个小时,"黑桃爱司说,"这段时间,克朗说什么也该回来了。"

说着,传来了电梯往上爬行的声音。思想家把手指贴在嘴唇上,让大家别出声。他目不转睛地看着电梯。电梯上升到十一楼,接着又上升到十二楼,他激动地向黑桃爱司使了个眼色。黑桃爱司急忙退到门边按起电铃来。

"你到我家来吗?"

电梯里走出一个妇人,把两只鼓鼓的提包放在咖啡色的地板上,从其中一只提包里掏出了一串钥匙。

"是的,如果您允许的话。我是来找克朗的。"

"可他十二点前在学校里。"妇人的声音显得很惊讶。

"啊,对啦!"黑桃爱司大声说,"我忘了说了。我现在在寄宿学校上学,我们那里星期六不上课。我是克朗的朋友。去年我们在同一个班里学习,一直到我去寄宿学校上学。"

妇人开了门。她似乎拿不定主意,不知是跟这个陌生男孩站在楼道里说话好呢,还是把他请进家里好。

"实话实说吧,我只是为了一件事才来的。"黑桃爱司继续说,"克朗有块手绢留在了我这儿。去年我感冒的时候,他把这块手绢给了我。我就是来还手绢的。"

"手绢?你特地为送手绢来的?"

黑桃爱司做出一副傻乎乎的样子。

"我妈妈说,人家的东西,不管多么微小,都不能随便对待。"

"原来是这样。"妇人说着提起两个提包,同时用脚开了门。

"不过,"黑桃爱司吞吞吐吐,甚至嘴巴都有点儿歪了,"我还有

一点儿拿不准这是不是克朗的手绢。请您瞧一瞧,行吗?"

黑桃爱司把白方格褐色手绢递给妇人看。妇人看了看手绢,看到了上面的字母"K.T"。

"可不是,"她笑了起来,"这是我们的。'K.T'是克朗·塔西洛,我的公公。他爱用大方巾代替手绢。谢谢你,男孩。"妇人拿起手绢。因为黑桃爱司斜着眼看她,没有走的意思,还一个劲儿傻笑,她就问:"进我们家来坐坐吗?"

"非常乐意。"黑桃爱司说。接着,门就在他们身后关上了。

李丽贝特停止了咬指甲。

"你分析得太对了,你真行!"她大声说,"我们现在快下去吧,眼看克朗就要回来了。"

思想家点点头,跟在李丽贝特身后下了楼。到了街上,他们在门口两旁各自站定。思想家拿定主意,一定得问问克朗,为什么他要偷东西。不过,只有趁他妈妈不在场的时候才能问。

过了一阵,李丽贝特大叫起来:"你瞧,那边!他来了!他穿绿色的迷彩服,我认出来了。"

"我有点儿害怕。"思想家说。

"怕克朗?"李丽贝特哈哈笑起来,"你是变傻了还是怎么了?"

"我不是怕他。"思想家把大拇指塞进嘴里,"我是怕大人出来干涉,在中间横插一杠,坏了我们的事。"

李丽贝特没有留神听思想家的解释。她全神贯注地盯着,只见那件迷彩服闪过自动售货商店,越来越近,终于清清楚楚地显出了克朗的身影。

"喂,你看呀!"李丽贝特激动地大声说,"他怎么啦?他到哪儿去?"

克朗没有往自己家跑,而是穿过马路拐向了独门独户的住宅群,也就是另一边的老居民区。他拐进了第二和第三排房屋之间的一条小巷,然后就消失不见了。

"可恶!"李丽贝特骂道,"难道他已经发现我们了?"

"怎么可能?肯定不会!"思想家回答道,"他也很想早些回家呀,他的母亲不是还在等他吗?"

"可我们不可能在这里一直站到十二点呀……"李丽贝特斜着眼看看自己脚下那一双在校内穿得已经裂开的鞋子,"我的两只脚都快冻僵了。"

就在这时,黑桃爱司像颗子弹一样从门口飞出来。他的样子有点儿沮丧。

"思想家,你我一比零,你赢了。"他说,"这事让我怎么也想不到……"

黑桃爱司说,克朗的妈妈不但让他喝了饮料,而且还让他看了克朗爷爷留下的整整一沓格子方巾。

"总的说来,"黑桃爱司结束自己的话,"我已经没有什么要补充的了。"

"他刚刚从我们眼皮底下溜走了。"李丽贝特指指老居民区低矮的房屋,"他走进第二、三排之间,就不见人影了。"

"哎,这么说来,他的朋友就住在那里!"黑桃爱司大声说,"他妈妈提起他有个朋友。顺便说说,她是个心肠非常好的妇人。她说,她儿子终于给自己找到了一个朋友。以前他老是苦着一张脸,闷闷不乐的,因为他在学校里没有一个朋友,好像班上谁也不跟他说话……"

"为什么你说'好像'?"思想家打断他的话,"这是事实呀,我们谁都不喜欢他。"

"就在这几个星期里,"黑桃爱司继续说,"他有了一个朋友。他好像很开心,他妈妈也很为他开心。"

"那是我们班上的哪一个呢?"李丽贝特问。

"不。他妈妈说,那个小伙子似乎比克朗大两岁,是个大男孩了,住在老居民区里,但详细地址她不知道。那个男孩不久前刚搬到这里。克朗是在运动场上跟他认识的。从那时起,他们就老在一起了。"

"你用什么办法从这个妇人嘴里套出这么多消息？"思想家感到十分惊奇。

"我可没耍什么花样，"黑桃爱司笑了起来，"我又不是去套情报的。她简直说个没完。我装作是克朗的老朋友，于是她就说，这么说来，以为他没有朋友，班上没一个人喜欢他，说他这样下去可不得了，等等，都是不必要的了……她还问我，为什么我以前不到他家做客？克朗老是一个人闷在家里，对着四堵墙发呆……这时，我就说，既然这样，我以后很愿意常到他们家去玩。她这才说出，如今他已经有了一个朋友，相处得很好……"黑桃爱司得意地说："要是我不想办法脱身，她会把今生的事情全都给我讲一遍的。现在，我们到老居民区去吧！"他大声说罢，就朝那片住宅区飞奔而去。

思想家追上去，拉住了他的衣袖。

"你疯了不成？那里至少有四十几幢房子，你准备挨个儿按按门铃吗？"

"如果有必要的话，"黑桃爱司并不停步，只管往前跑，"我要按他个老鼠全都从洞里跳出来！"

黑桃爱司跑得非常快，比思想家跑得不知快多少，思想家很快就落在了后面。李丽贝特其实能跑得跟黑桃爱司一样快，可她小跑

着,跟思想家跑在一起。

"让他像疯子一样跑去吧,"她边跑边说,"很快他就会明白,要是不知道一个人的名字,又说不出他的模样,就不可能找到他。"

思想家点点头,喘着粗气,却还在加快步伐。

思想家和李丽贝特拐进第二、三排住宅之间的一条小巷,只见黑桃爱司正向一个老头儿打听。那老头儿指了一条坡下的路。

"新搬来的人中间有没有一个男孩,我可说不清。"老头儿嗓音低沉地说,"搬家的车从这里经过,这点不会有错。我亲眼看见,他们不久前拉来一卡车家具。"老头儿把两个指头塞进嘴里吹了一声口哨儿,一条肥得出奇的弯腿狗立即向老头儿跑来,那条灰色的毛打结的狗一过来,就在黑桃爱司的裤子上嗅开了。

"没错,运家具的车常从这儿开过去。这些人不知怎么搞的,总能弄到新家具。不过坡下那家运来的家具中有些是旧的。"

"您说的那家在街的哪一边?"黑桃爱司问,"右边还是左边?"

"右边,右边。"老头儿说。

"您能告诉我那幢房子的门牌号码吗?"

"号码我可不知道,不过我知道下面原先住的是普罗伏兹尼克一家。"

那条灰毛肥狗嗅腻了黑桃爱司的裤子,就叫着,摇摇摆摆,一

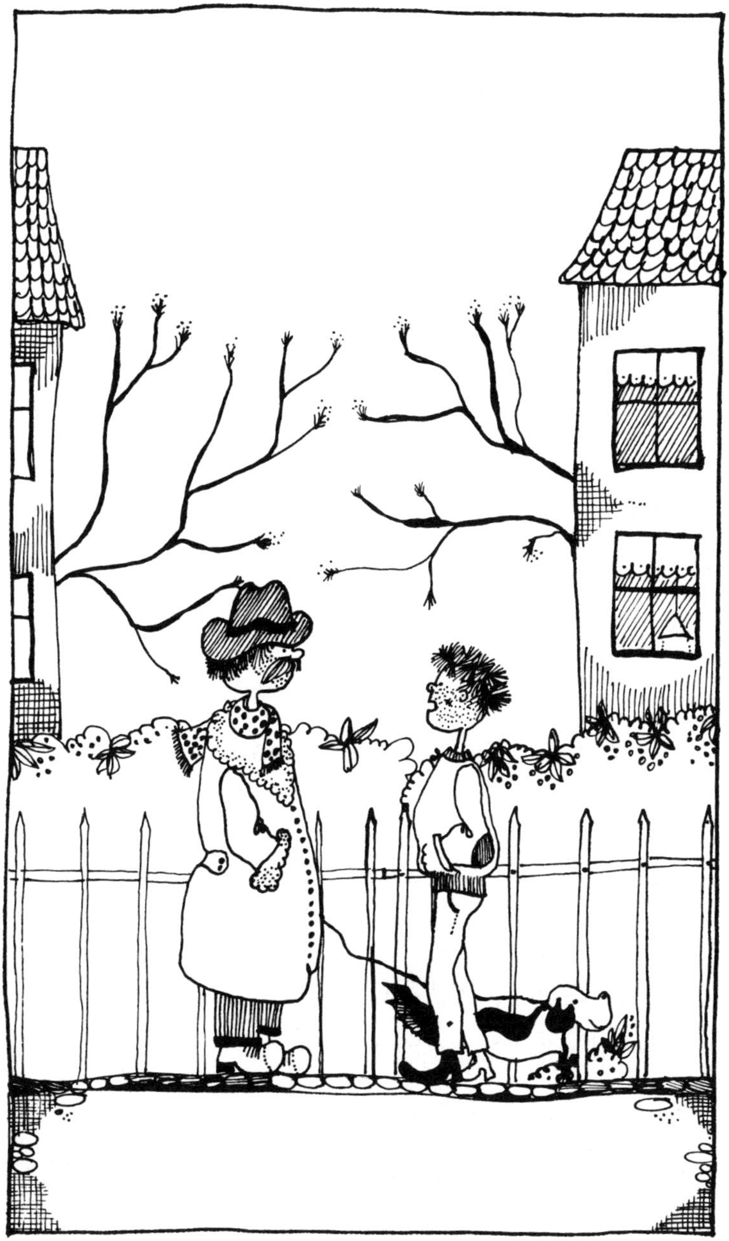

瘸一拐,头也不回地向花园的栅栏走去了。

"你打听这些干吗?"老头儿忽然问道。

"我在找老朋友。"黑桃爱司刚回答就突然收住了口,觉得自己说了傻话。老头儿用怀疑的目光仔细打量着他。

"找老朋友,却不知道他的名字?他的模样也不晓得?喂,小子,你这些糊弄人的话说给谁听谁都不信!"

老头儿背对黑桃爱司,走向躺在栅栏边等他的灰毛肥狗。黑桃爱司也跟过去,老头儿大叫起来:"哎,走开,快点走开,不然我的狗就要向你扑来了!"

老头儿加快步子走进了屋子,狗留在花园里继续狂吠着。

思想家和李丽贝特走到黑桃爱司身旁。

"不管怎么说,我们总算知道了——得到坡下那些街的右边去找。"思想家说。

"可坡下的街区又从什么地方开始呢?"李丽贝特问。她冷得上下牙齿直打架。

思想家断定坡下街区就从旧路灯算起。黑桃爱司在考虑,三人像三头绵羊似的走在一起总不是办法。

"我们三个分头去找吧,我去找二十四号。"

"我到那边去,瞧,花园里还有一个地精塑像。"李丽贝特指指三十号。

黑桃爱司从口袋里掏出几张红十字会彩票。

"我去按门铃,就说我是向他们兜售彩票的。我会笑眯眯的,毕恭毕敬的,随机应变编些词,反正要把一切都打听清楚。"

"我就这样打听:这里住着普罗伏兹尼克家吗?"李丽贝特说,"普罗伏兹尼克家已经搬家,我不一定非知道不可嘛。"

思想家指指坡下街区说:"我到那边挨家挨户去察看一下入口的门。"

黑桃爱司心里很恼火:明白了,思想家想回避最棘手的事。谁乐意去按别人家的门铃,向陌生人打听这打听那。

"你就是胆小,这明摆着的!我没说错吧?"黑桃爱司嚷嚷道。

"要不要打赌,就这样我也能找到那幢房子?"思想家冷笑道。

黑桃爱司跟思想家打这种赌已经输过不止一次了,因此他什么也不回答,皱着眉头挥了挥手,就向二十四号房前的小花园走去。李丽贝特和思想家走向有地精塑像的三十号小花园,接下来思想家就独自一人往前走了。

小花园门上钉着一块写有住宅主人名字的小牌子。思想家仔仔细细地一块块挨着看过来。缪列尔、马侬尔、希普林格、奥勃列塔——这些名字全没有引起他的兴趣,他光对牌子的外观感兴趣。

小思想家在行动

思想家是要找一块不久前才钉上的牌子。这一点他是这样判断的：要是几个星期前才搬来的住户，那么牌子上不会有铜绿，螺钉也不会有锈迹，牌子上还没有任何刻痕，字母也不会剥落；要是牌子不是铜质的，而是搪瓷做的，那么上头也不会有网状裂痕。

在三十八号的门口，思想家看到一块发亮的铜牌，上面刻有"工程师康拉德·华依特拉"字样。

思想家为了谨慎起见，一直查看到最后一幢房屋，不过再也没有看到发亮的新牌子，于是他返回了三十八号的门口。

李丽贝特从有地精塑像的小花园里跳出来，朝着思想家跑来，只见思想家站在那儿，身子靠在栅栏上。

李丽贝特到了思想家身边，这才发现他正站在三十八号门口。她十分钦佩地看了一眼思想家，还没来得及用言语表达自己的感受，只见黑桃爱司慌慌张张朝他们奔来。

"不是三十六号就是三十八号！"他一边跑一边叫道。黑桃爱司胳肢窝下夹着一件包了白纸的长条形东西。

"你跑到那儿的时候，乌龟对兔子兄弟说：'我早就在这儿了！'"思想家用嘲笑的口吻朗诵道。

"那是什么？"李丽贝特指着黑桃爱司夹在胳肢窝下的一包东西问。

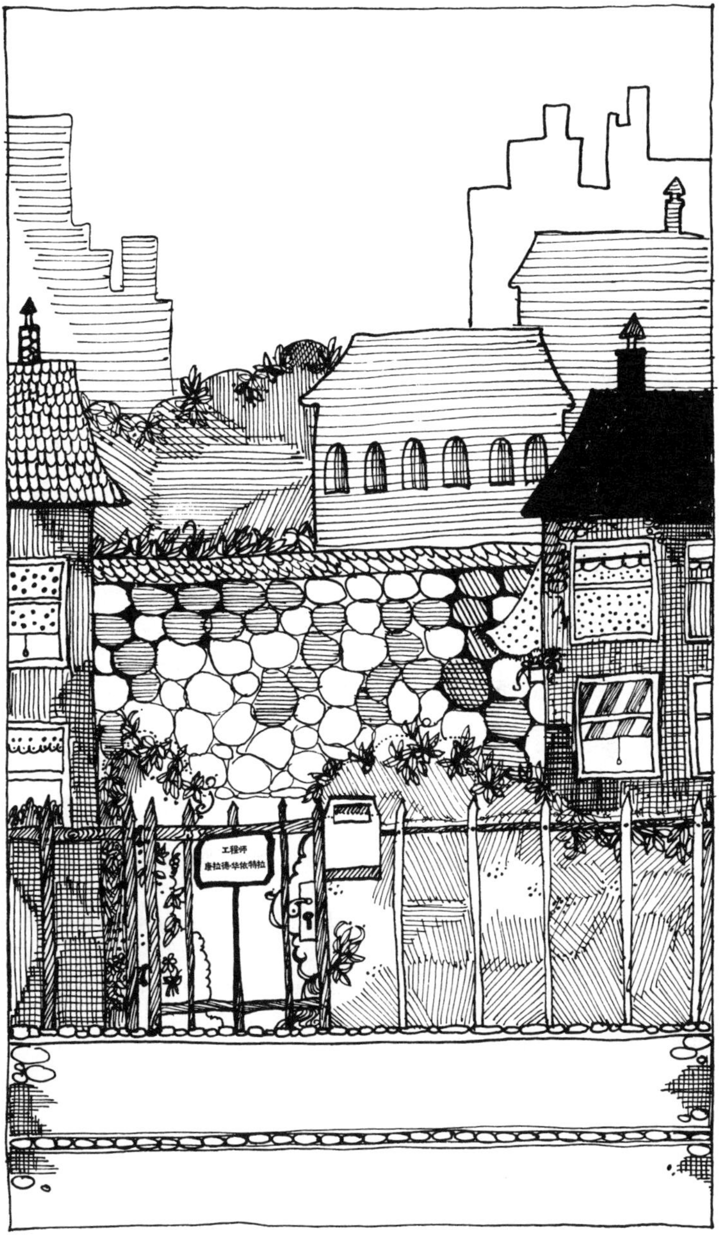
工程师
康拉德·华依特拉

"圣诞奶油馅儿饼。"黑桃爱司回答,"我去问的那家老太太,她烙了满满一箱馅儿饼,又在重新和面。她对我说,她家没别人,馅儿饼没人可送。她还想再硬塞给我一个,差点儿掉在地上。"

"你可千万别活得那样老。"思想家叹息了一声,向花园门走去。

"就这样闯进去?"李丽贝特问。

思想家点点头。花园门没上锁。思想家、李丽贝特和黑桃爱司一个跟着一个,经过一条水泥小路向一扇绿漆门走去。房子里传来音乐声。靠近门口时,音乐声越来越响。

"老太太……"黑桃爱司又开口说话,"就是那个给我馅儿饼的老太太说,搬来的这家人有一个男孩,很胖,通常早上都在家。那个老太太曾经问过男孩为什么不上学,那个小子向她伸伸舌头,一言不发。"

"我刚才去过的那家有一个妇人,"李丽贝特也凑上来说,"她说我未必能打听到普罗伏兹尼克太太的情况,因为她家那幢房子里,除了一个傻头傻脑的男孩,还没见到过谁。那个小傻瓜的父亲在国外做安装工,母亲好像开了一家咖啡馆。她老不在家,天天要到半夜才回家。"

思想家拧了一下绿漆门的门把手,没想到门一推就开了。不知怎么搞的，门竟没有锁。

他们不知不觉走了进去。衣帽架上挂着克朗的那件迷彩服。有一个螺旋形的木楼梯通向二楼。过道里，不算入口共有四道门，全都油漆一新，很耀眼。

震耳欲聋的乐声从楼梯下面一间屋里传出来。

黑桃爱司推开那扇屋门，只见有几级台阶，通向地下室。思想家和李丽贝特跟着黑桃爱司蹑手蹑脚地往下走，尽量不弄出一点儿声响。到了一间墙壁发白的地下室，天花板上挂着一盏没有灯罩的小电灯，角落里放着一个红色的锅炉和一只装煤油的罐子，整个房间弥漫着煤油的气味。他们还发现一扇包上镀锌板的铁门，门上用大号彩笔写着几个大字——小康拉德·华依特拉。姓名下方贴着一张印刷字条——严禁入内。还有几排黑白标志，上头画着骷髅和交叉的枯骨，这种标志通常只在出售有毒化学药剂的化学制品杂货店里才能见到。这时，乐声更响了，思想家的耳膜差点儿被震破，他跟李丽贝特说，耳膜这就要震破了。她却没有听到。

铁门上没有锁，也没有门把手，只有一个上在外面的门闩。门虚掩着。思想家猛地一下推开了门，只见里头一间小屋点着几支蜡烛。一张堆满枕头和被褥的折叠床上躺着一个胖小子，旁边箱盖上坐着克朗，他的肩上披着一块羊皮。小屋四壁张贴着很多彩色海

小康拉德·华依特拉

严禁入内

报：有摩托车,有骑马的牛仔和少女。电唱机的音量信号频频亮着。四个角落里各挂着一台取暖器。

克朗双眼呆呆地望着门口,十分惊慌。胖小子也不知是不是被吓蒙了,话都说不出来,他那胖得冒油的脸上没有一点儿表情。

思想家、黑桃爱司和李丽贝特跨进了门槛。门框上有个开关。思想家伸手打开开关,顿时,天花板上的电灯大放光明。黑桃爱司走到电唱机旁,把唱针挪到一边,顿时,整个小屋一片寂静。李丽贝特碰了碰思想家的手,歪了歪头,让他看那幅至少有两米高的海报:一个凶相毕露的牛仔,握着一把手枪,脖子上挂着一串项链。那不是画上去的,而是实实在在的真项链——金的项链,金的坠子。牛仔的脖子两边各抠了一个小洞,项链就穿在上面。牛仔敞开的皮上衣胸前还挂着一个钱包,看来是用胶布贴在上面的。那就是李丽贝特丢失的小猪皮钱包。而最让人吃惊的是牛仔腰间的子弹带。装子弹的一排小孔里,各装了圆珠笔、水笔和两三个圆规。有两支圆珠笔恰恰就是黑桃爱司这两个星期丢失的。靠墙还放着好几只硬纸板箱,里头装满了奇奇怪怪的东西:一堆巧克力方糖,一轴轴线,一块块泡泡糖,一节节电池,一双双男短袜,一包包缝纫机针,一把把梳子,一沓沓烙饼,还有许许多多松紧带、连裤袜、肥皂等,甚至还有一小包一小包的花籽。

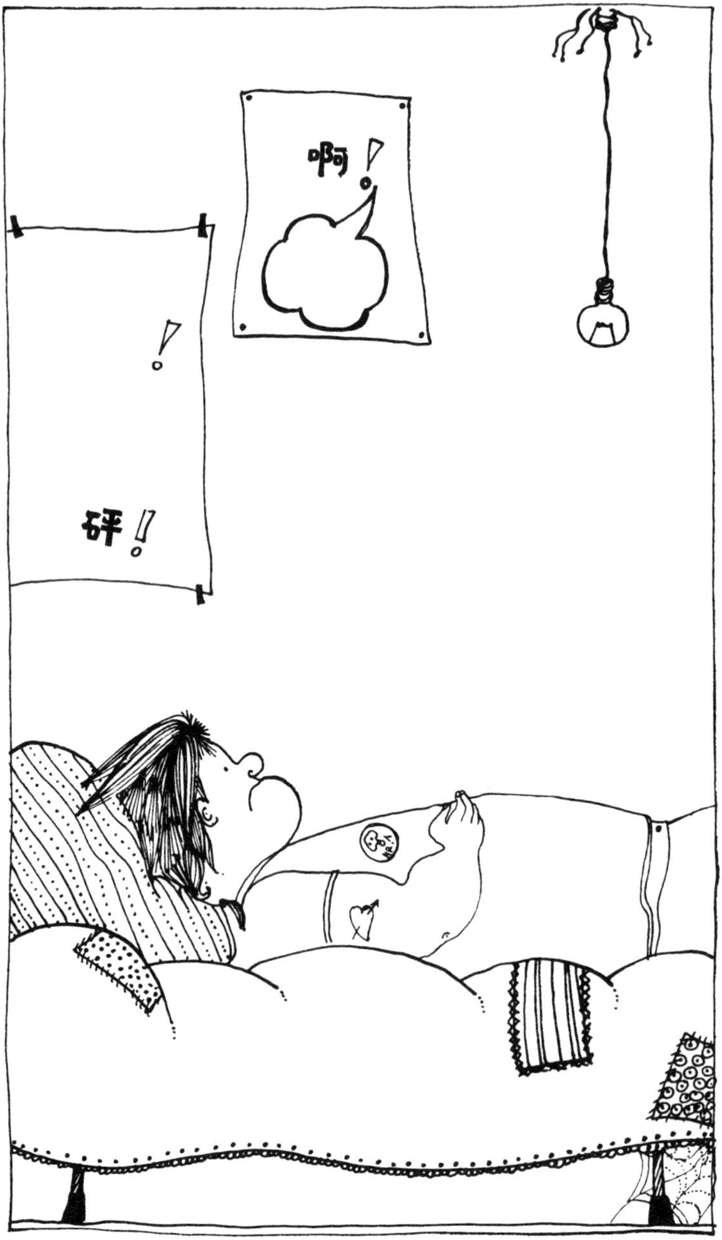
啊！
！
砰！

胖小子从折叠床上撑起身子来。

"你们是干什么的?滚出去!"他转向克朗。

"小东西,"他指指门做了个手势,"把这三位贵客请出去。他们要走了。"

他说话时一心装出一副房主人的架势,可又装得一点儿不像。在很大程度上,他脸上的表情是恐慌,而且除了恐慌还是恐慌。这从他对克朗说话的口吻中也听得出来:"喂,你还等什么呀?给他们点厉害看看!"

克朗脸色异常苍白,眼镜滑到了鼻尖上,羊皮从肩上滑了下来。这时三个孩子才注意到他的绿毛衣胸前别着一枚自制的徽章,上面画有骷髅和"2"号的字样。

"他们是我的同学……"克朗尖声尖气地发出古里古怪的简直像鸟叫一样的声音。

"白痴!"胖小子直起身子。他胸前也挂着一枚徽章,上面画有骷髅和"1"号的字样:"蠢货!该死的傻瓜!你怎么能把我们的地址泄露出去呢?"

克朗的双唇打着战,失去了血色,跟脸一样成了灰色。

"住嘴!"黑桃爱司抓住折叠床的一角,连床带胖小子一起抬了起来,"闭上你的嘴!明白吗?"

167

"我爱怎么叫就怎么叫,这是我的公馆!我的公馆!你听见没有?"胖小子还装作不甘示弱的样子,"你们快滚出去!"

黑桃爱司把床角抬得更高,使出全部力气向上一掀,胖小子笨重地翻倒在地。他疼得哇哇直叫,不住地揉着摔疼的脑袋。

"这些都是你偷的吗?"李丽贝特惊讶地问克朗。

"我没有偷,"克朗说着"哇"的一声号啕大哭起来,"这只是考验,考验我的意志……看看我有没有勇气!"

"就是这个垃圾,"思想家指着正从地上慢慢爬起来的胖子说,"这个头上长着两只耳朵的臭皮囊对你的考验?"

"加入我们团伙的每个人,"克朗哭得更厉害了,"都得通过考验。"

"每个人?"思想家皱起眉头,"你们一共有多少人?"

"目前只有两个,不过……"

"闭嘴,笨蛋!"胖小子打断克朗的话,"这跟他们没有关系。"

这时黑桃爱司逼近胖小子,问他,还想不想滚到另外一个角落去——这回叫你不是后滚翻,而是要前滚翻了。

胖小子气疯了,仿佛要像一头勃然大怒的公牛朝黑桃爱司扑过来。但其实,他只是似笑非笑地说道:"OK!我收下你们。你们可以加入我的团伙,让我们今后一起干吧。"接着他眯起眼睛看了看黑桃爱司,补充说:"你,就做我的助手好了,2号。"

黑桃爱司又气又恼,一时连话都说不出来了。谁知胖小子误解了他的一时语塞。

"喂,你长了耳朵没有?"胖小子冲着克朗吼道,"把你的2号徽章丢过来!"

克朗双手抓住自己的2号骷髅徽章,失声大叫起来:"2号是我!听见了吗,康拉德?我才是你的助手呀!我一开始就跟着你干的!"

"你这倒霉透顶的蠢蛋,你算老几?!"胖小子不再理睬克朗,却用十分信任的口吻向黑桃爱司解释道,"他是0号,你懂我的意思吗?他什么也不算!你倒是想想,他弄来了一个凭密码才能取到钱的存折,这个蠢货!"

这时,黑桃爱司挥手扇了胖小子一记耳光,扇得他脸上留下了四个手指印。胖小子一个趔趄,失去平衡,"咚"的一声,屁股跌坐进了一只纸箱,陷在一堆饼干和巧克力方糖里,爬不起来。克朗想去扶他起来,刚走近,胖小子就乱踢乱蹬起来,一心想踹克朗几脚。

李丽贝特这时一把摘下了挂在牛仔海报上的金项链和自己的钱包。

"还有什么东西是我们同学的?"她问。

小思想家在行动

克朗磨蹭了一阵,才从牛仔的子弹袋里拔出一大堆圆珠笔、水笔和一个圆规,递给她。

"其余,都是我们从自动售货商店拿来的。"克朗低声补充说。

胖小子还坐在他的纸箱里,他甚至没有做任何爬出来的尝试。克朗又从一只盒子里掏出两块方围巾、一本放在口袋里的小记事本和一把指甲刀。

"全在这儿啦,不骗你。"他说,"钱我们花掉了。"

李丽贝特把班上的所有东西放在方围巾里,打上了结。"我看,"她说,"我们得赶快离开这里,把克朗带走。"

"这个膘肥体胖的小怪物,你打算让他自由自在地胡作非为?"黑桃爱司怒气冲冲地问。

"我打算把他留在这里。"李丽贝特说,她指指靠近天花板的一扇小通气窗,胸有成竹地说,"那扇窗很高,他不可能爬出去的,况且窗口有铁栏杆。门嘛,又是从外面上闩的。"

胖小子听了李丽贝特的话,惊慌地扭动起来,白费劲地舞着四肢,号叫道:"克朗!快来把我从纸箱里拉出去呀!"

克朗正想过去帮忙,却被思想家拦住了。他带着克朗向门口走去。

"向你致敬,牛仔!"黑桃爱司向胖子摆了摆手,走出了房间。

李丽贝特一下子蹿出来,跟上他们。她气喘吁吁地说:"没事!他饿不死。"她咣当一下关上门,又闩上了门。

"他没吃没喝会完蛋的!"克朗被思想家拉上台阶时,啜泣着说。他的眼泪一串串地滑落。

"康拉德的妈妈留宿在店里,她睡前总要吃安眠药,然后睡得像个死人……她什么也不会听见的,真的!"

"别怕,老人家,"黑桃爱司取笑他说,"她迟早会发现他的。"

大家来到过道。电话机旁的墙上挂着一张记电话号码的便条,便条末尾分明是孩子写的:"妈妈的咖啡馆。"

"克朗说得对,"思想家说,"我们不能这样把那家伙锁在里面,抬腿就走。"

思想家拿起电话,给"妈妈的咖啡馆"打去了电话:"请华依特拉太太听电话!"过了几秒钟,他说:"您好,我进了您家房子。您不认识我。我和两个朋友一道来的。我只想通知您,我们把您的儿子关在地下室了。他在铁门里头,门上了闩。就这样,我们马上就要走了,您该为他多操点心才是。请注意,大门开着,我们没有锁门。"

说完,思想家挂断了电话。

"她还没来得及骂出声,"他说,"我听得出来,她的喉咙不知为什么咯咯作响,喘不过气来……嗨——别跑!"他突然叫起来:"克

朗,你别想从我们身边逃走,明白吗?"他紧紧拽住克朗的手,不让克朗夺门而出。

克朗又是躲闪,又是咬人,拼命想挣脱思想家的手。克朗带着哭腔嚷嚷不休。

"我们把你带到你妈妈那里去,没别的。"思想家说,"别嚷嚷,别想逃,懂吗?"

克朗还是尖声号哭着,拼命挣扎着,比刚才更厉害了。他嚷些什么,很难听清,不过还是有几句听清了:"我就是不回家!求求你们……别把我带到妈妈那里去……"

思想家拉不住克朗。克朗尽管身体虚弱,没有什么力气,但是不知怎的,还是从壮实的思想家手里挣脱了。转眼间他已经跳到门边,甚至抓到了门把手。正在这时,黑桃爱司从后头赶上去,一把抓住了他的腰带。克朗又挣扎着,还咬起人来,不过他的力气差不多已经用光了。

"别白费劲了!"思想家对他说,"你想往哪儿跑?别挣扎啦,听见了吗?"

李丽贝特从衣帽钩上取下那件绿色迷彩服,递给克朗。

"我们只跟你妈妈谈一谈,"她说,"东西我们会还给同学们的,我的钱你不必还了。"

克朗平静下来了,不再挣扎,也不再咬人。黑桃爱司放开他,他低声啜泣着。李丽贝特给他披上绿色迷彩服,戴上他挣扎时掉下来的眼镜,他也不再抗拒。思想家拉住克朗的右手,黑桃爱司拉住克朗的左手。

"小心,别让他挣脱了。"思想家小声对黑桃爱司说,"在这种情况下,他一跑开,鬼知道他会到什么地方去,不知又会干出什么荒唐事来。"

黑桃爱司点点头。

李丽贝特打开门。窄窄的水泥路上,走来了两名警察。花园门边,停着一辆警车。栅栏旁围着几名妇女,她们正好奇地观望着花园里正发生的一幕。

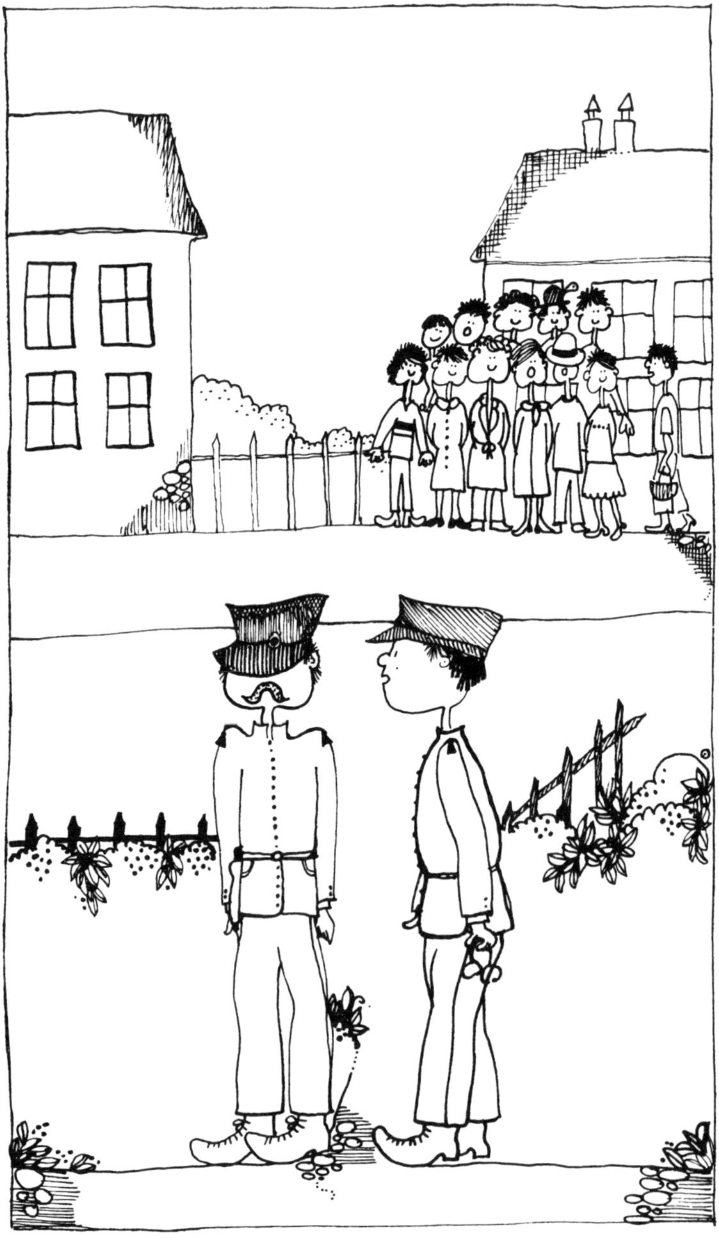

第十二章

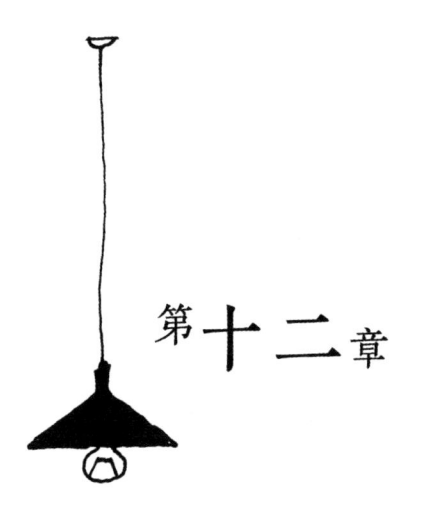

学会喜欢的好处

思想家的日记里并无愉快的结尾,因为"少年侦探小说"不可能有快乐的结尾。

十二月五日,星期天

我的心情坏透了。

我们没能把事情处理得像我希望的那么好。我根本没有想到那个胖小子,那个康拉德的妈妈,竟会打电话给警察局。我原以为她自己会赶回来的。当然,这是我的错。看来,我给她打电话时说的话有点儿不妥。要是我在电话里告诉她,她家地下室里有一个各种物品应有尽有的仓库,东西全都是从我们班上和自动售货商店偷来的,她那胖宝贝是一个盗窃团伙的头目,胸前挂着骷髅徽章,那么她就不会那么急急忙忙

去报警了。不过,尽管来了警察,(起先他们把我们——李丽贝特、黑桃爱司和我当作盗贼和什么社会败类。)但向他们说明真相后,他们也没有扣留我们。那个讨厌透顶的胖小子是个糟得不能再糟的坏家伙,可他妈妈……呸!比他更糟,简直糟透了!到现在为止,我都不相信世界上竟还有这样的妈妈!在少年罪犯管理委员会里,人家不得不拼命阻拦她,要不然她就会毒打自己那个宝贝儿子。她老是做出一副样子,好像她是受害者,老是在那里叫嚷:"这要是让我丈夫知道了可怎么办……我把这个孩子送到少管所去!"她向警察和少年罪犯管理员一一列举近年来她为孩子买的东西。"他要什么,我从来没拒绝过!"她号叫着说,"他什么都不缺呀!"

克朗的妈妈也被叫过去了。她却完全是另外一个样子,她几乎没有说什么。我觉得,她实在需要充足的时间去理解当下发生的事,而且做到这一点还真是不太容易。克朗为什么会冒冒失失地去干这种事,我能做最坏的设想。但是他为什么会成了像胖家伙康拉德这样的人呢?为了弄清这个问题,就得体验一下这种丑恶的生活,然而这一点对我来说恰恰是无法想象的。

再过半个小时,我们都要在先生家里碰头,我们得把详细情况统统告诉他。昨天,我们只是通过电话跟他简单说了说,因为警察局里的问讯长得没完没了,问讯完毕,又得飞奔回家,恨不能多长出两条腿,好让我们的妈妈放下心来。她们以为,我们准是做了一件可怕的事。她们到处打电话,据说我妈妈比李丽贝特的妈妈还着急,这倒是我怎么也想不到的。而黑桃爱司的爸爸还发誓,说只要黑桃爱司能活着好好回家,从今以后再也不责骂他了,这也是黑桃爱司怎么也想不到的。

看来,先生对警察局出面向学校说清真相,还是满意的。可我早跟他商定了,这件事应该以另一种方式来结束。

我最初怀疑克朗偷东西时,就跟先生说过,克朗偷东西未必是为了占有财物。我一下猜到,这里边一定有更复杂的情况,多半是些让人极不愉快的事情。那时,先生做出了一个异常高尚的决定。他说,要是事实证明我是正确的,就不公布小偷儿的姓名,不让我们班同学知道。先生向我解释,既然他亲身体验过大家把一个人当成贼时的滋味,那么他希望克朗不要再遭受这种痛苦。因为一旦三年级五班的同学全都来攻

击克朗,对谁都没有好处。当初,班上只有我们三人相信先生是无辜的,那时他陷入了可怕的绝望情绪中,即使他完全恢复了名誉,这种痛苦也将永远烙印在他的心里,那是他亲口对我讲的。现在,他对那些轻信他是惯犯的同学表示极度的蔑视,他蔑视他们的蔑视。先生只希望胡福娜格尔太太能详细了解事情的真相。在她面前,他必须是清清白白的,这一点对他很重要,因为他不但不蔑视她,而且喜欢她。

当然,这是一个了不起的决定。我实在为先生感到高兴。可现在,当我能冷静下来好好思考时,我得承认,这个决定未必能行得通。胡福娜格尔太太能不能长时间保守这个秘密呢?先生会不会在什么时候失去耐心呢?比如说,要是有谁糊涂,羞辱了他,那时他会不会在气头上把真相一股脑儿全捅出去呢?还有克朗,如果只靠我们待他好,他又会怎样呢?他将永远胆战心惊,生怕我们这些知情人会把他的丑事张扬出去。

今天我对妈妈解释为什么克朗会跟康拉德鬼混到一起,为什么克朗要为那个坏蛋做一切事情。我说完以后,妈妈这样对我说:"你们要让他感觉到你们喜欢他。"

问题就在这里!

我们过去不喜欢他,现在也不喜欢他。当我知道了他的一切后,说真的,我是可怜他的,不过这里边根本不存在什么喜欢,要喜欢他是很难的。他是一个成天萎靡不振的,呆头呆脑的,让人感到乏味的男孩,连他身上散发出来的气味也不讨人喜欢。

要是能学会喜欢,那该有多好!

你喜欢某些人,可能是因为他们有一双蓝眼睛闪出亮亮的俏皮的光,是因为从他们身上能闻到一股令人愉快的气味,是因为他们风趣的谈吐和智慧的思想。不过,也该有另一种情形,那就是:有些人确实不讨人喜欢,但你知道他需要被人喜欢,于是你试着去喜欢他。

那么如何让自己去喜欢呢?比如说来个自我修炼?又比如拿出极大的耐心,通过经常性的练习,变不喜欢为喜欢?至于我,我是准备试一试的。不过,我预料会试很久。克朗身上真的带有一种酸味,他又笨拙又无趣。他只会做一个手势,那就是把滑下来的眼镜重新推到鼻梁上去。这真是要命啊。

另外,我马上要到先生那里去。到了那里,为了使这件事

小思想家在行动

听起来跟高尚和道德少沾点边,我要顺便跟他谈谈学会喜欢的好处。很可能在我的朋友中,会有人跟我一样,也有这种想法。要是我们能在我们中间"分享"这个实在不讨人喜欢的克朗,学会喜欢他,那么对我们每个人来说就要轻松得多了。

直击校园生活
发现疑难问题

世界上荣膺国际安徒生奖和林格伦文学奖的作家,无疑是鲜少的,而克里斯蒂娜·涅斯特林格是其中的一位。她充沛、惊人的文学创造力在20世纪70年代就得到了世界的一致公认,所以她被授予双奖,名副其实。

涅斯特林格妙趣横生的小说和童话能将渴望快乐、轻松和幽默的小孩子从"作业机"状态中解放出来,让他们从教辅读物的书包里,从电子玩具、网络游戏中走出来,呼吸一些真正的童真气息。同时,从这些洋溢着儿童游戏精神的故事里,孩子们也能充分感知女作家那非凡的想象力、从容的创作智慧,以及对一些新型的、独立的、从儿童本位出发的儿童观念的期待与呼唤。

涅斯特林格的整个少年时代都在第二次世界大战的灾

难中度过,她饱尝战火给她带来的四处逃亡、流离失所、饥寒交迫的痛苦。战争中成长的涅斯特林格在深刻的战争反思中,使自己的作品特别富有思想。她善于从孩子的角度,用儿童的眼光反映成人世界的种种弊端和荒谬。她的作品总是在启示人们彼此关怀与理解:人与人之间的关怀,民族与民族之间的理解。

她以自己独有的锐利目光观察社会环境,把社会的真善美、假恶丑都纳入自己的思考范围。她用她的作品去表现孩子的种种不幸遭遇,并唤醒他们的抗争意识;孩子难于表达的,她替他们表达。

1984年,她在领受国际安徒生奖时说过这样的话:"我给儿童写书的'办法'很简单,既然他们生长的环境不鼓励他们建立自己的乌托邦,那我们就挽起他们的手,向他们展示这个世界可以变得如何美好、快乐、正义和人道。""即便你放弃了通过写作来改变社会的想法,只是把写作当作帮助、安慰、解释和娱乐的手段,以便让孩子们活得好一些,你还是应该自问:什么最重要?孩子们在什么地方最需要帮助?我们是否带着责任感考虑阶层隔阂、早恋、与父母的矛盾、游乐场地、零花钱、冒险、梦幻和犯罪这些问题?是否也要思考能源和世界?是否要思考物种灭绝,人类如何生存下去?是否要思考世界大战、酸雨和污染？"

涅斯特林格的创作风格是：想象力出色，人物故事饱浸幽默趣味，透过喜剧性的情节发挥针砭时弊的效能。正是这种独特的风格使她成为可与林格伦、扬松比肩的儿童文学大师。

涅斯特林格从20世纪70年代后期开始，渐渐由幻想文学创作转向现实文学创作。她的第一部作品《奥尔菲·奥博米尔和俄底修斯》，主要写家中一群女强人把丈夫们都吓跑了，而在女儿国长大的男孩养尊处优，性格中完全没有男性的刚毅，从而无法养成正常的男人性格。小说的喜剧意味和幽默意味让人读来趣味盎然，它告诉人们：一个男人缺席的家庭就像是一个残缺的存在，在那种环境中长大的孩子因不能融入社会而无法找到自己的位置。

《小思想家在行动》（1981）问世不久就被译传到国外。小说笔墨集中在被称为"思想家"的达尼尔和他同班的两男一女三个好友身上。达尼尔用自己的学识和智慧，颇有逻辑地对班上连连发生的失窃事件做推理分析，最终揭开了班上多个窃案的根源。其中特别令人难忘的是达尼尔的好朋友李丽贝特竟以约会的方式去侦探失窃案，有趣而动人。

涅斯特林格从常人的生活体验中深谙师生对"贼"的憎

恶情绪和心理,使读者一开卷即欲罢不能、不忍释手。毋庸置疑,作家利用侦探破案故事的可读性牢牢抓住了读者的注意力。

作家没有把思想家达尼尔和他的两个朋友拔高,他们之所以要把失窃案查个水落石出,不是从抽象的"道义"和"责任"出发,他们只是为他们的一个外号叫"先生"的混血儿好朋友的人格蒙冤而深感不安。为了把先生从困境中解救出来,还他一个清白,他们千方百计、通力合作,决意要把班上真正的贼揪出来。

小说细致地描述了他们整个探案过程,其间显示了他们性别不同,性格不同,所处家庭环境和所接受的教养不同,分析事理的角度和能力不同,行事的思路、态度、方法不同,遂使最后的结果也不相同。

涅斯特林格在发人深省的故事中寄寓了对人生、孩子、家庭、社会、时代、历史的敏锐而充满责任感的严肃思索。这部小说的结尾处提出了一个令人困惑的问题:一个不讨人喜欢的孩子容易因自己的种种缺陷而毁于孤独,这种孤独感唯同龄人的友爱温暖能化解,可是让孩子们去喜欢一个他们厌恶的人,能做到吗?人的理智能使人转厌恶为喜爱吗?涅斯特林格的作品就这样向教师、家长和孩子诘问着,从而引起社会讨论和思考的兴趣。

按题材内容,这部作品可以被称作"校园小说""家庭问题小说""儿童成长问题小说"。这些种类的小说本来就足够吸引孩子们的眼光,而女作家在创作策略上更高一筹、更胜一筹,别出心裁地把小说构思成了一部"侦探小说"和"推理小说",这就使小说更具有俘获读者的力量,从而也使其作品的意蕴更耐人寻味、更深入人心。

好小说都是发现问题、提出问题,而其首要任务不是给社会存在的问题开药方。这里,作家只是展现校园中一类典型问题的疑难性,通过人物和故事提出自己的思考。而思考的独立性、通透性正是《小思想家在行动》应该在中国读者中广泛传播的理由。

韦 苇